安庆市长篇精品工程
安徽省第十六届"五个一工程"奖

东风泊

DONGFENG BO

刘鹏程◎著

时代出版传媒股份有限公司
安徽文艺出版社

图书在版编目（ＣＩＰ）数据

东风泊/刘鹏程著.—合肥：安徽文艺出版社,2019.10(2024.5 重印)
ISBN 978-7-5396-6786-7

Ⅰ．①东⋯ Ⅱ．①刘⋯ Ⅲ．①纪实文学－中国－当代
Ⅳ．①I25

中国版本图书馆 CIP 数据核字(2019)第 198994 号

出 版 人：姚　巍
责任编辑：王　涛　张　磊　　　　　　装帧设计：褚　琦
....
出版发行：安徽文艺出版社　　www.awpub.com
地　　址：合肥市翡翠路 1118 号　　邮政编码：230071
营 销 部：(0551)63533889
印　　制：合肥创新印务有限公司　　　(0551)64456946
....
开本：880×1230　1/32　印张：8.375　字数：170 千字
版次：2019 年 10 月第 1 版
印次：2024 年 5 月第 2 次印刷
定价：36.00 元
....

目 录

引子

这里是古老的雷池，千万年动荡不息的雷水，仿佛有一天，它突然对我开口说话。

一场暴雨后，我兄弟在老家门口捡到一个铁疙瘩。我们都没见过，不认识这东西，他就拿给屋场南头的瘪嘴老人看。老人拿着这个铁疙瘩，在手上掂了掂，咧着只有两颗门牙的瘪嘴，笑着说："这是手榴弹，以前新四军和游击队用的，你家北边房子当年住过新四军。"我兄弟就怕，手上像握了个烫手的山芋，担心这个铁家伙突然爆炸，拿回去很快就扔到门前的大塘中间去了。刚扔下去他就后悔，好长时间夜不能寐。他想，不该扔到塘里，该埋掉。但是埋到哪里去呢？埋掉也不是个办法，担心这东西危及村里后人。这一直是他心里的一个结。

从此，我心里也扎了一个结。从此，我父亲在我童年时讲述的那些人、那些事，一桩桩、一件件……在我的心里渐渐复活；那些战场遗迹，那些生死传奇……在我的心里愈来愈清晰——

那是一个波澜壮阔的江湖。那些人他们曾经越过雷池……

第一章　帆影逐浪

●1

1927年大年刚过,泊湖岸边的人们还沉浸在浓郁的春节氛围中,一个消息在远远近近的村庄里传开——北伐军来了!据说是佐坝一个叫徐文藻的人从黄梅带过来的,县城里到处都是兵。

这个消息最早是从洪家岭的茶馆里传出来的。

国民革命军第七军第一、第二两个师,在军长李宗仁的指挥下,由黄梅向宿松挺进。盘踞县城的军阀闻风而逃。徐文藻带着他们组织的向导队,引领北伐军,经小西门,浩浩荡荡开进宿松县城。

不久,洪家岭的茶馆里又有人说:"县商会会长高保祺和他儿子高谷生都被抓了,4月6日在老厅广场开千人大会,他们父子双双吃了枪子。枪毙了,千真万确!"

有人大声说:"高家父子杀了好,欺行霸市,横行霸道,无恶不作,报应!"

有人小声嘀咕:"严家小屋有个人,过年之前就一直往县城里跑,刚过完年,又去了。据说他入了伙,在搞革命。"

"严家小屋哪个?"

"严仲怀,就是严家小屋那个私塾小先生。"

又有人笑说:"高保祺家那个畜生儿子,强奸东门刘家闺女,图一时之乐,不是时候,现在好着,掉了两颗脑袋,划不来。"

"像他们这些人,估计现在日子都不好过了,都该杀。"

茶馆大厅里,你一言我一语,议论纷纷。里屋雅座里,严家畈大地主严幼岚"老先生"听见外面的议论,"哼"了一声,对石家大屋的渔霸石固之说:"我看他们能跳多久,北伐军一走,左派和那些赤色分子就该死。我说的。"

说着,里屋的茶客先后悄悄离开了茶馆……

这期间,严仲怀在县城里一直就住在北山中学一位同学的家里。这里离天主堂和总工会驻地陈家祠堂都不远。前几年,他们在北山段家念书的时候就是好友,睡一个铺的,平常有什么好书就交换着读,志同道合。最近在城里闹革命,也是一起。

北伐军刚离开宿松不久,5 月 28 日凌晨,天还没亮,外面突然枪声大作。严仲怀立即披衣起床,侧耳倾听,感觉枪声是来自天主堂和陈家祠堂,知道情况有变。他朝外面一望,透过晨光,发现有军队包围了天主堂,并在天主堂附近挨门搜查。他立刻明白了,这是国民党右派武装。他听见有人高喊:"交出共产党,藏共产党者同罪!"

清早,他们就听说徐文藻、钟国汉、何瀛、尤振球等人被抓。第二天下午,徐文藻、钟国汉就被反动军队带到老厅广场杀害了。

严仲怀感到异常悲伤。他想起5月17日,徐文藻安排他们发动工农商、学生、妇女两千多人,在天主堂前的广场举行聚会,浩浩荡荡沿街游行,声讨蒋介石叛变革命。"打倒蒋介石!""打倒新军阀!""打倒国民党反动派!"……群情激昂,呼声一浪高过一浪。他没有想到,国民党反动派会来得这么快。

整个县城里充满了恐怖气氛,到处都在搜查共产党员和进步群众、青年学生。严仲怀不得不换一身衣服,化装成上街的农民,在铁匠铺买了一把铁犁头,从小东门出城离开了县城。

刚回到洪家岭,回到严家小屋,他父亲就对他说:"洪家岭茶馆里天天讲县城的事情,都说你参加了。昨天又说在抓人,是吗?"

"嗯,是的。"

"家里你是待不住了,你走吧,走得远远的,去找个教书的差事,不要再到县城里去了。"

第二天一早,严仲怀怀着满心悲愤,独自一人,走叶家河,登上一叶小舟,到外江去了。此时正是湖水漫涨的季节,一叶孤独的风帆,划过旷阔的湖水。傍晚的时候,到了彭泽县。他从彭泽县下船,踏上江南的土地,漫无目的,消失在乡村小路的尽头……

此时已是芒种季节,田地里的农民陆陆续续收工回家,暮色里的空气显得凝重。严仲怀在江边的一个村庄里借宿了一晚,第二天一早,又开始走。他一个人拼命地走,不知道要走向哪里。走到一个叫彭家湾的地方,找到一户人家。他觉得这个地方很好,山清水秀,人也好,对他这个来自异乡的年轻人,感觉并不排斥。村子里有一家私塾,私塾老先生觉得这个年轻人不错,又有文化,就把他留在私塾教书。

在彭家湾这个陌生的地方落下脚以后,严仲怀回顾自己走过的路,痛惜徐文藻、钟国汉等同道者的不幸,感慨万千,当晚就写下《悼亡诗》:

生不逢时叹道穷,
常将热泪洒秋风。
可怜城北斜阳后,
碧草青青血染红。

写完诗以后,他将笔一扔,泪水溢满了眼眶——

回想起前不久宿松县城里那浩大的聚会和游行的场面,回想起那一场悲惨的杀戮,回想起自己走过的路,严仲怀彻夜未眠。

他1904年出生在洪家岭下面那个偏僻的临湖小村严家小屋。父亲是个老实巴交的农民，受尽了官僚地主的盘剥，受尽了渔霸的欺压。为了翻身过上像样一点的日子，他省吃俭用也要让儿子念一点书。于是，父亲把七岁的仲怀送到严家畈去破蒙，念了几年私塾。严家畈在严家小屋上面，洪家岭的下面，离家不到一里路。在严家畈，幼年的他目睹了地主老财严幼岚家的好日子，也目睹了其他穷人悲苦的生活。秋收的时候，严幼岚家不用劳累却粮食满仓，其他穷人家一年到头累死累活却要向严幼岚和官家交租，自己所剩无几。这些都在他幼小的心里播下了不平的种子。他念书的时候很聪明，受到私塾先生的赏识。私塾先生找到仲怀的父亲，说："你把仲怀送到北山小学去吧，家里再穷再苦，也要送出去继续念，这孩子很聪明，以后念出书来会有出息。"

这样，严仲怀在严家畈念了几年私塾，就入了北山私立小学，小学毕业又顺利考入北山中学。北山中学是宿松县最高的学校。在这里，仲怀接受了许多新的进步思想。正当他踌躇满志的时候，家里实在供不起他继续把书念下去，被迫辍学。那一年，他刚满十五岁。辍学回家后，在父亲的安排下，严仲怀在严家小屋开馆教书。

在家教书期间，他对地主豪绅和渔霸的剥削压迫常怀不满，体恤穷人的疾苦，对贫困的学生不收学费。他也常常和北山中学的同学通信联系，谈理想，谈社会的腐朽没落。在和同学的通信中，他了解到，有一股红色的力量正在腐朽的中国大地上燃烧,有一个组织——共产党,要带领穷人翻身闹革命。这股力量正在各地悄悄蔓延。

在进步同学的鼓励下,严仲怀常常外出悄悄串联。1927年春节前,听说佐坝有一个叫徐文藻的,在湖北法政专科学校念书,1926年就加入了共产党,前不久回家,在县城天主堂成立了共产党宿松支部。一种从未有过的激情驱使他去往县城。找到同学,他这才发现,革命的浪潮正在宿松县城里汹涌。他很快就卷入了这股激流……

●2

洪家岭茶馆里,一直以来议论最多的就是城里闹革命的事。严家小屋的严仲怀上半年就回来没参加了,到彭泽县去了,现在人们都觉得那是县城里的事,是那些读书人干的事,好像很遥远。

但是,快到年底的时候,有人说,黄湖对面洲上那边的农民也在闹革命。原先移到洲上去住的好多人,回老家时都在讲这个事,说那边有共产党。

原来,程家营、汇口、洲头一带,分属宿松县和江西德化县两县管辖,地处皖鄂赣三省交界,"天高皇帝远",基本上属于"三不管"。在北伐军的推动下,那边成立了共产党支部,属湖北黄梅的共产党卓壁镇区委领导。不久,党员发展到八十多人,支部改成松南区委,改属江西赣北特委领导,徐玉书任书记,谢关记负责组织工作。他们秘密组织农民协会,加入农会的有六百多人。

11月的一天,松南区委秘密组织农会会员近百人,连夜开到宿松县城,准备夺取警察局枪支,武装群众。到达县城后,发现敌人防守严密,警察局周边都有提枪站岗放哨的。他们不敢贸然行动,撤回去了,没有得手。

九江的国民党当局发现洲区共产党活动频繁,12月,就派出一个排的兵力,到洲头街驻扎,防止农民"闹事"。但这些兵在洲头耀武扬威,经常惹事,扰乱乡民。松南区委决定开展暴动,把所有的农会会员共六百多人组织起来,没有枪支,就用大刀、长矛和锄头、铁锹、扬叉子当武器,由黄鹤筹、徐家贞、叶则勤、熊家成等八名农会负责人带队,包围洲头街,捉拿国民党官兵。经过激烈战斗,打死两名士兵,其余的兵突围逃回了九江。

农会赶跑了国民党兵,农民们纷纷杀猪宰羊,慰劳参加暴动的农会会员。松南区委决定,趁着国民党部队逃走的机会,发动农民继续捉拿当地土豪劣绅。近千人高举红旗,扛着大刀、长矛、锄头、铁锹、扬叉子,浩浩荡荡,形成三里长的暴动队伍。队伍先开到豪绅头子王自良家,王自良闻风丧胆,只身逃脱。暴动队伍就把王自良家的房子捣毁,把王家的家谱搜出来扔进了粪缸。接着分别开到地主豪绅尹炳山和涂雨山家。尹炳山和涂雨山常常欺压老百姓,当地老百姓称他们为"两座大山"。尹和涂早已闻风逃走,暴动队抄了他们家。抄完地主豪绅的家,他们又宣布没收程家营北斗阁在江州的庙产三百亩田地,全部归农会所有。因为程家营北斗阁那个庙的住持叫凌安,这个和尚也是强收庙租、无恶不作。

国民党和当地土豪劣绅遭到打击后,就勾结起来组织报复。年底,九江国民党警备司令部派张志古率兵二百多人,开到程家营、汇口、洲头,将松南区委和农民协会的活动场所捣毁,并四处搜捕共产党员、参加暴动的农会会员和无辜群众。区委书记徐玉书和暴动队员黎四文等人被捕,被带到九江枪杀了。谢关记、黄鹤筹、徐家贞、叶则勤、熊家成等领导骨干和农会会员纷纷外逃。黄鹤筹逃到江西彭泽以后,聚集参加暴动的队员三百余人,以起挨的名义,也就是集体逃荒要饭,往南方跑。听说湖南的毛泽东带领起义农民到江西井冈山建立了根据地,他们想去寻找党组织和革命队伍。因为没有线索,聚集的队伍不久就解散了……

自从县城里闹起革命后,洲上农民也在闹革命。到过年边上的时候,洪家岭茶馆隐隐约约有人说,下边金塘那里也有人在搞农民协会。茶馆里纷纷议论是谁在带头,最后有人说,是一个在外面念书的学生,放寒假回家,在带头搞农民协会。

这个学生名叫杨碧华,是碧溪嘴的人,才十六岁,在安庆六邑中学读书。他家是地主家庭,有不少田产,家里请了长工。他一回到家,就要父亲对长工好生对待,改善他们的生活,不准打骂。他自己常常去找长工和周边村庄的农民谈心,向他们讲"穷人为什么穷,富人为什么富"的道理,他还请长工们教他种庄稼的技术,他教长工们唱民歌。这些民歌都是他自己编出来的,反映农民的疾苦,启发农民要起来闹革命。长工和家前屋后的青年农民都非常喜欢他,在他的耐心启发下,明白了不少革命道理,主动参加农民协会。

到正月的时候,金塘那边有三百多人参加了农民协会。正是农闲季节,他们经常聚集在一起,喊口号"打到土豪劣绅""反对不平等条约"等。

过完年,杨碧华又回到安庆上学去了。

很快到了暑假,杨碧华放假回家,又邀集洪家岭、许家岭的进步知识青年,到宿松山区的西北乡参加"西山文艺研究会"。这个"西山文艺研究会",实际上就是"宿松县革命委员会",是以"西山文艺研究会"名称为掩护,以研究文学为名,研究共产党的方针、政策,讨论发动当地农民开展抗租、抗息等方面的问题。

●3

严仲怀独自一人在彭家湾教书。

他刚去的那时候十分孤独,但不久就听到一个振奋人心的消息:南昌的部队在起义。紧接着,湖南的农民举行秋收起义。这为他的孤独、落寞、迷茫和徘徊注入了一支强心剂:原来,这场火并没有熄灭;原来,共产党和穷人也可以拿起枪杆子。

他开始留意当地的报纸，一有报纸他就要迫不及待地搜寻共产党的消息。从报纸上，他了解到毛泽东带领秋收起义的人到井冈山建立了根据地。冬天，方志敏在弋阳领导武装起义，建立了工农革命武装。第二年春末，朱德带领南昌起义的人和毛泽东他们走到了一块，在井冈山会师。赣东北的革命根据地离他最近，最令他振奋，人们口口相传也常有那边的消息传来。到 1928 年年底，他得知全国各地的工农武装正开始红色割据，有的地方建立了红色政权。他研究了各个武装割据的做法，在开展游击战争的同时，领导农民抗租抗税，有的在分田地、分浮财、打土豪。这些都给了他很多的启示，一条道路开始在他的心中逐渐清晰。

在偏僻的彭家湾教书，严仲怀开始耐不住了。过年前，他辞掉彭家湾私塾的工作，回家过年。他先到彭泽县城，然后坐渡船过江，走小孤山，从后湖登上一叶扁舟。此时已是隆冬季节，湖上帆影稀疏，严仲怀站在船头，任寒风削在脸上，远望湖水的尽头。他并不感到孤独，相反，他感觉家乡的天空是如此辽阔，湖水、大地是那样旷远。他决定在家乡大干一番。

回到家，他才知道在自己离家到彭家湾教书的这一年多时间里，家乡发生了很多事情，知道了洲区的松南暴动，也知道碧溪嘴的杨碧华在金塘组织农民协会的事。

这一切，令严仲怀内心振奋。他决心在家乡尽快找到共产党的组织,没事就往洪家岭、许家岭去,以找工作为由,探听消息。

有一次,他到洪家岭去,路过严家畈的时候,正好遇见严幼岚。严幼岚在家族里是长辈,用"关心"的口吻问严仲怀:"这两年你到哪里去了?念了那么多书,可不要做糊涂事啊!回家就好,别乱跑。"

"没有办法,在外面教书,混口饭吃呢。"严仲怀答复。

不久,他在许家岭探听到了共产党组织。

有一天,他以找一份教书的工作为由,来到许岭小学,发现这个学校办了个贫民夜校,每天晚上都上课,有四十多人进夜校读书。夜校是一位刚来许岭小学教书不久的太湖人甘信元办的。

严仲怀连续几个夜晚进去听课,与学员秘密接触,认识了杨宪老师,才知道甘信元是中共太湖特区区委书记、太宿望三县共产党组织的负责人,正在秘密发展组织。为向湖区发展党组织,甘信元来到许家岭,通过同学的介绍,在许岭高小当教员。他以这个职业做掩护,开展工作,不久就发展了校长张大猷和张声振、杨宪、余黄钟等教师入党,成立了许岭党小组。

严仲怀异常兴奋,立即要求加入共产党。由于严仲怀参加过 1927 年县城天主堂的聚会、游行,很快,在杨宪的介绍下,严仲怀加入了共产党。

第二章 闹革命

●4

　　严仲怀入党后，甘信元派他回洪家岭、下仓埠去，在那一带开展革命活动。为方便开展秘密组织活动，严仲怀托人找到一份工作，在下仓第八小学当教师。他以这个身份为掩护，在下仓埠、九成畈、安岭上等地开展秘密活动，发展党员。

　　快过中秋节了，天气依然炎热，甘信元召集湖区党员开会，地点定在严家畈严家祠堂后面山上的松树林子里。严仲怀负责通知洪家岭下面的几名党员。他一早就出门，先到金塘通知杨孝环，接着到下仓埠街上通知严振东。

　　杨孝环和严振东本来都是国民党党员，是左派，在县城开会时，被国民党县党部"清党"清出去了。一天，他俩从县城走回下仓埠，路上杨孝环说："我们要认识共产党，只有走共产党的路，才会有出路。"说完从背包里拿出两本书给严振东看。严振东一看，是《经济学入门》和《苏华杂志》。走了一会儿，杨孝环又说："我们今天晚上到许岭小学去住，利用晚饭时间，和甘信元、张大猷见见面，认识认识，如何？"那天晚上，他俩和甘信元、张大猷、严仲怀谈到深夜，第二天下午才回家。

严仲怀赶到下仓埠严振东家的时候已近中午，他一见到严振东就说："赶快搞点饭吃，到严家祠堂背后树林里有事情。"

这片松树林位于严家畈和严家小屋之间，平常很少有人来这里，表面看上去，是几个年轻人在这里纳凉、休息，不会引起外人的怀疑。

会上，甘信元说："我们要成立党的组织，以后用《国际歌》里面的话做暗号，才可以接头，不得泄露机密。"

甘信元说："每个人回去都要发展革命组织，分工负责。"

会上分配了各人的工作：严振东负责下仓埠及长湖一带渔民；杨孝环负责金塘和九成畈；严仲怀负责许家岭和洪家岭。另外，指派联络工作：严仲怀到太湖，杨孝环到宿松山区，严振东到洲上找叶光欧，把湖区成立组织的情况告诉他们。

两三天后，严振东叫船到洲上，把叶光欧接来了。叶光欧是坝头人，本来也是国民党党员，左派县党部执行委员，右派掌权后也是被"清党"清出去了。

叶光欧在下仓埠住了四五天，白天不露行迹，光打牌赌钱,掩人耳目。晚上,严振东把前几天会上的情况告诉他。

又过了两三天,严仲怀、杨孝环外出联络也都回来了。他们四个人碰头谈了一整天。

严仲怀说:"太湖那边有一部分革命武装力量,党组织的发展和农民的发动都很快。"

杨孝环说:"我在山里了解到黄梅的武装力量很强,有两支冲锋枪,还有很多手枪。如果我们能发动群众,成立武装,把县警察局驻许家岭分所的二三十支枪缴来,黄梅他们可以提供武器援助。"

不到一个星期的时间,由甘信元主持,再次在严家祠堂背后的松树林子里开会。这次会议有十一个人参加,正式成立了中共许岭支部,严仲怀任支部书记,下面设立许家岭、洪家岭、下仓埠三个党小组。

会后,他们分头在洪家岭、安岭上、下仓埠、九成畈等地组织农民协会,发动农民、渔民加入农会。他们下湖去发动船民、渔民,在岸上主要发动穷人。

为方便联络工作,严仲怀安排下仓埠党员胡四毛在下仓埠街上开一个茶馆,取名四毛茶馆。他们以四毛茶馆为掩护,开会研究地下组织工作,联络来往革命人员,暗中探听敌方的活动情报。

那些地主、恶霸、渔霸们似乎发现了什么苗头,对他们盯得很紧,他们的活动只好全部在夜里进行。在湖上、岸上一旦发现敌人盯梢,地下人员就向他们用暗号打招呼。好几次,严振东受到跟踪,都躲到严正茂船上去,划到湖中才脱险。

经过一个冬天,各地的农会组织发展起来了。刚过年,安庆中心县委遭到敌人破坏,书记操球为躲避敌人的搜捕,化名汤省三,转移到宿松湖区,住在严仲怀家,指导宿松的建党工作,发展了杨明忠等多名党员。很快,洪家岭党小组已发展到十多名党员。

●5

1929年,泊湖一带先遭水灾,后遭蝗灾,到1930年春天又无雨。湖边老百姓日子十分难熬。从冬到春,他们成群结队往安庆、九江、上海等城市去,有的逃荒要饭,有的打短工维持生计。但政府仍不顾他们死活,巧立名目,横征暴敛。地主豪绅也借机发财,囤积居奇,粮价一时飞涨,一担稻谷由原来的两块四毛钱猛涨到五块钱。老百姓的日子没法子过,民怨沸腾,不断出现"抢粮"和"吃大户"的事。

年底的时候,甘信元就对许岭支部的党员们说:"只要具备必要的组织和领导条件,革命就大有可为。"之后,他就回太湖去了,在那边组织抗租抗债委员会,自己当主任,到处张贴告示,有时公开出面,有时密送通帖,警告地主豪绅不准抬高粮价、物价,要减租减息。太湖县城和太宿望三县边区的镇子上、村庄里,到处都贴有标语:"盐卖五十钞,将你家屋烧!""稻卖两块八,哪里捉到哪里杀!"……

一时间,地主豪绅和奸商们人心惶惶。

3月下旬,刚成立的中共太湖县委在望江上花棚召开扩大会议,甘信元主持,太宿望三县二十多人参加。会议决定适时在太宿望三县边区、泊湖北岸的大石岭举行武装暴动,引导农民由经济斗争转向政治斗争,组织革命武装,进行土地革命,建立农村革命根据地。

严仲怀参加会议回来后,立即在洪家岭、下仓埠一带,从刚组建的党小组和农民协会里,挑选张声振、杨孝环等骨干党员和精干农民共五十多人,准备参加大石岭农民武装暴动。

暴动决定在4月14日举行。

13日深夜,宿松暴动人员从洪家岭出发,在城隍咀坐船,走泊湖,连夜赶到泊湖北岸。14日清早,与太湖的赤卫队会合。暴动队伍由甘信元总指挥,浩浩荡荡直奔望江县李家新屋大土豪李贯珍家。因为土豪李贯珍家粮食最多,且抬高粮价,暴动队以买粮为名攻打李贯珍家。他们赶到李家时,那里已经聚集了附近前来声援的农民几百人。

"我们要买粮,我们快饿死了!"几百人高喊,并将李贯珍家围住。甘信元指挥赤卫队冲进李家,先将李家长枪二十支、手枪两支、子弹数千发全部缴获,然后劈开李家粮仓,当场把二百多担粮食和一千多件衣物分给了农民。李贯珍负隅顽抗,被赤卫队绑缚在树上,由殷幼堂开枪将其当场镇压了。

　　随后,赤卫队回到大石岭,抄了大土豪韦大衍的家,缴获长枪五支、手枪一支,也将缴获的粮食、布匹全部分给农民,并把韦大衍抓到金徐屋后山,就地镇压。

　　接着,太湖县委又决定收缴望江县长岭自卫团的武器。自卫团闻讯逃走了,枪未缴成。赤卫队又抄了大石岭杨和义、韦晓山等地主豪绅的家,烧了杨和义家房屋,逮捕了地主吴绍周。

　　一时,泊湖北岸太宿望边区的地主豪绅有的遭打击镇压,有的吓得逃跑了。群众拍手称快,奔走相告:"打死李贯珍,枪杀韦大衍,火烧杨和义,活捉吴绍周。"

　　此时,暴动达到高潮,参加暴动的队伍发展到两千人,像一场大火,越烧越旺。

　　4月20日,甘信元、陈大虎、殷幼堂、叶仁山、叶义山、孙敬纯等在大石岭五显庙召开有两千人参加的群众大会。他们用庙帐做成一面红旗,正式宣布成立中国工农红军太望赤卫队,陈大虎、殷幼堂分别任正、副队长,甘信元、叶仁山分别任正、副指导员。紧接着,在大石岭举行声势浩大的游行示威,队伍高唱红色歌谣:

　　　　条牛担种我不问,

　　　　十担八担我占分;

　　　　穷人要想得翻身,

往日死气沉沉的村庄,此时一片欢腾……

大石岭农民武装暴动,极大地鼓舞了严仲怀和宿松湖区的农民运动。

5月初,安庆中心县委在桐城会宫召开各县党的负责人联席会议,中共中央派出特派员李翔梧参加会议。会议肯定了大石岭的农民暴动,决定在宿松扩充两个特别支部。

根据这一精神,中共太湖县委书记甘信元派一个化名曾姓陈的人,随即来到洪家岭,决定在原有宿松城关特支基础上,再成立一个许岭特支。

初夏的湖畔,绿意蔓延,天气渐热,麦子已经黄熟。一天晚上,还是在严家畈后面的松树林里,曾姓陈主持召开党员会议,在这里正式成立中共许岭特支。这次参加会议的有张声振、杨宪、严仲怀、杨孝环、杨明忠、杨乔春、王相亚、吴甲根等,另有进步农民四人。会上,选举严仲怀为特支书记,杨孝环、杨宪、张声振为特支委员。特支下辖许岭、洪岭、下仓三个支部,九成设一个直属党小组。同时决定,严仲怀兼任许岭农民暴动队和农民协会的总负责人。

农民的革命热情高涨,很快,洪家岭组织了一百五十多人的暴动队,许岭地区也组织了一百多人的农民武装,九成畈成立了一支二十五人的湖区赤卫队,碎石岭濯湖咀组织有八十余人的大湖赤卫队,乌汊湖一带还组织了一百多人的扁担队。

　　农民武装队伍组织起来了,但除了少量的大刀、长矛外,就只有锄头、扬叉子了。没有枪支武器不行,严仲怀派组织委员杨孝环到山区去,找山区党组织联系,想搞点武器回来,武装暴动队。他们知道,山区有武器,武装斗争开展得比较好。

　　宿松县暴动委员会在山区,对湖区武装斗争很支持,决定支援一批枪支。但怎么运回去是个问题,长枪也容易暴露。他们就派四五个人,随杨孝环一起,把一批短枪藏在稻谷里挑回来。

　　走到许家岭的时候,天已经黑了。他们就在许家岭上岭头歇息一会儿,从稻谷里摸摸枪支,确保藏好,以免露馅儿。但因为不小心,突然"嘭"的一声,枪走火了!

　　许家岭民团、商团听到有枪声,警觉起来,立马出来查找。幸好,杨孝环他们当即转移了。

●6

　　正当严仲怀领导的湖区农民武装力量不断壮大的时候,甘信元在太湖的队伍于金鸡岭战斗中失利,被打散了。甘信元独自一人就往宿松许家岭方向跑,准备找严仲怀。

　　甘信元一夜走了六十多里地,天亮的时候,走到宿松高岭的好汉坡,已经是疲惫不堪。他来到一家茶馆,搞一点茶喝,遇到一个叫唐卓斋的人。这个人也对豪绅官僚不满,他看甘信元饥渴劳顿,了解到是从太湖过来的,也可能估计到甘信元是干什么的。因为太湖红军打土豪出了名,到处都知道。于是,他在茶馆里主动给甘信元买了饭菜,还给茶馆女招待打招呼,要她把门锁上,让甘信元好好睡一觉。

甘信元躺在床上迷迷糊糊,正要入睡,突然听到枪声,连忙起来。他听见外面喊声大作,大喊抓"土匪"。甘信元被团防包围了,跑不出去。那些兵冲进茶馆房间,用刀背一下就把甘信元砍倒在地,用绳子捆起来,当即就押往县城。

走到县城附近,团防头子突然让队伍停下来,把甘信元叫到他跟前,叫团丁给甘信元松绑,并连声叫"甘先生,甘先生,对不起了"。

甘信元以为他们是要耍什么把戏,不理他。

团防头子继续说:"下面的人不认识甘先生,搞不清楚情况,才把你抓起来的。我现在就派人把你送回学校去。"

甘信元当时很气愤,大声地说了一句"不用",就走了。

原来,唐卓斋知道甘信元被抓后,立即跑到许岭小学,告诉许岭小学校长张大猷。张大猷得知讯息后,立马派杨宪老师骑马到县城找教育局长。局长听说团防抓自己的教师,气愤地说:"瞎胡闹。"

接着,县教育局长亲自到县衙找到县长。县长本来就要依靠知识界有名的知识分子支持他,当即就拿起笔,写了一个条子,派人急送团防,叫他们立即释放甘老师。

甘信元到达许家岭后,找到严仲怀,说最近风声紧,叫他要小心,并一五一十地告诉他被抓捕的经过。同时,还告诉他一个振奋人心的消息:红八军攻克了宿松县城!宿松红军赤卫队配合红八军参加了战斗。战后,宿松县红军赤卫队总指挥吴贵兴要挑选七十名赤卫队员,成立一个中队,编入红十五军。

这个消息再次鼓舞了严仲怀领导湖区农民运动的信心。由于入夏以来,湖区久旱无雨,他们抓紧发动群众。各地渔民开始抗课,农民开始抗租、抗息、抗税,什么渔课、公租、清明租、教育田租、高利贷利息等等,都不缴。严仲怀在洪家岭附近的赵家铺、严家湾、严家小屋一带发动抗租、抗高利贷利息,逼得大地主严幼岚向农民们表示暂不交租、缴息。

杨孝环和严振东在湖上发动一百多渔民集体抗渔课,声势浩大。渔民们手拿桨桩、舵杠,到泊神庙向收渔课的石固之一伙人示威,逼得石固之跑到下仓埠街上去,躲在包老三家,气得抽起鸦片烟。得知石固之下落,他们又派下仓埠渔民协会主席石彩加带十几个渔民去抓,吓得石固之夺门就跑,慌乱中跌了一跤,跑不动,不得不现场低头表示减课。

但事后,他们借同善社到处造谣惑众,说"凡是参加共产党的都是不务正业的人"。

同善社是大地主严幼岚他们组织的,最近活跃得很,表面上专门搞封建迷信,实际上是对付共产党和农民协会的。

胡四毛说:"同善社的人最近在茶馆里攻击共产党,有些群众半信半疑。"

张声振也说："同善社他们整天装神弄鬼,我们要教训他们一下。"

"发动群众,打'干旱鬼'!"严仲怀当即就表示。

不久,他们发动下仓埠、洪家岭、金塘等地农民,将同善社所设的香灯通通砸掉,说是"打干旱鬼","打掉干旱鬼,天不会不下雨"。同善社再也不敢骂共产党了。

事后,同善社的人鬼里鬼气地说："茶馆胡四毛这个人是乌鱼精,有人看见他在盆里洗澡时,突然变成了一条大乌鱼,把盆里水搞得震天响。"

这时候,上级党组织领导操球、陈雪吾来到宿松洪家岭,带来重要文件,向严仲怀、叶光欧等部分党员颁发了临时党证。

严仲怀他们激情满怀,跃跃欲试。正巧,12月底,接到宿松县暴动委员会主席祝尔昌的通知,要求湖区的严仲怀、杨孝环、叶光欧一起,火速赶往西北山区的西源山开会。

●7

深冬的山区夜晚,寒气逼人,外面一片漆黑。西源山山冲一户地处偏僻的农户家里,依然灯火通明,由宿松县暴动委员会主席祝尔昌主持召开的会议,正在秘密进行之中。灯光下,三十多位党员骨干围坐在一张方桌旁边,神情严肃而专注。他们中的大多数来自宿松各地,另有太湖和鄂东黄梅两县的几名代表,还有曾经领导桐城欧家岭暴动的皖中红军独立团团长陈雪吾,也被邀请来参加会议。

会议是晚饭后开始的。祝尔昌首先传达安庆中心县委在桐城会宫召开的各县党的负责人会议研究的"实行全面总暴动"的精神,接着大家分析了宿松的革命形势,讨论制订了农民暴动方案。

讨论中,多数人赞成以宿松许家岭为中心,发起暴动。他们认为许家岭是宿松东乡重镇,商业发达,物资丰富,群众基础好,湖区农民武装发展迅速,但缺少枪支武器,而许岭商团有不少枪支,因此可以发动许岭暴动,夺取商团枪支,武装湖区群众,同时,没收许岭富商物资,补充缺少给养的太湖山区部队。

但是,皖北特委委员兼中共太湖县委书记的甘信元持有与大家不同的意见。从去年3月开始,他就在许家岭以许岭小学教员的身份开展建党活动,熟悉当地情况。

他说:"许岭建党工作虽然有一定的基础,但时间短,不能暴露,一旦暴露,势必会造成宿松建党工作的困难。"

陈雪吾说:"湖区有那么多的农民武装,没有武器怎么办?谁理你?拿什么革命?我们不能有畏惧心理。"

甘信元继续说:"我不同意。我认为敌我力量悬殊,我知道,屠夫出身的许岭商团团长许老五,这个人为人凶狠毒辣,手下有团丁三十多人、长枪二十余支、手枪两支、机枪两挺,要夺取商团武器,绝非轻而易举。"

争执了很长时间,声音越来越大,陈雪吾很气愤,甘信元还是不同意。

陈雪吾朝甘信元拍起了桌子,大声说:"我看你甘信元是右倾、怕死、害怕革命!"

"我看你是冒险、盲动主义!"甘信元丝毫不让步。

陈雪吾站起来,拿出别在腰上的手枪,往桌子上一放:"你阻挠革命,我要枪毙你!"

看火药味这么重,祝尔昌立即说:"吵没用,我们发扬民主,举手表决吧。"

最后,会议决定集体举手表决。看到红军团长陈雪吾这么坚决,多数人举手表示了同意,最终决定在 1931 年元旦,在许家岭发起暴动。

但是,甘信元的话也引起了会议的重视。为保证暴动的胜利,会议决定调集西北乡游击队和黄梅县部分武装人员,外加太湖县徐家桥若干人,携带枪支、土炸弹等武器,配合湖区党员群众,共同行动。同时,周密部署了暴动的行动方案。

第二天一早,严仲怀回到洪家岭,秘密地开展暴动的准备工作,精心挑选了一百多名武装人员。

1931 年元旦这天,天刚蒙蒙亮,西北乡游击队五名精干队员化装成鱼贩子,身藏手枪,肩挑箩筐,迎着刺骨的寒风,向许家岭进发。

同时,为了摸清敌情,党组织派家在许家岭下边安岭上的党员杨孝环吃过早饭后,去许家岭街上土豪劣绅平常聚会的场所欧老四饭店,探听消息,摸清敌方情况,及时派人回报,伺机行动。

下午两三点钟光景,西北乡游击队的五名队员潜入许家岭街上的一家饭店。

天黑以后,严仲怀带领一百多名暴动队员,从距离许家岭十余里的洪家岭出发,埋伏在许家岭下岭头不远的茅屋店附近的一片树林子里,准备晚上按照预定计划,内外夹击,发起暴动。

晚上十点多钟,暴动队伍分成两组,分别开到许家岭东、西两座山头上,等待杨孝环派交通员来报告情况。

隆冬的深夜特别寒冷,从湖上吹来的风,像刀子一样。暴动队队员们焦急地等待着,时间一分一秒地过去,等了一个多钟头,还不见有人来。

为了防止意外,党组织再派党员张声振前去接应交通员。张声振一直走到街上,都没有遇见交通员。他继续潜入敌人内部,才知道情况发生了变化。

原来,天黑不久,暴动队伍停驻在茅屋店松树林的时候,因为人数众多,缺乏经验,没有埋伏好,被路过的许岭商人察觉,报告了许岭商团。商团团长许老五一面指使商民自卫队队长刘梅开,将商团人员调到许岭街周围暗中埋伏,并在街上增岗设卡,限制交通,封锁消息,一面又派人偷偷送信到县城,企图勾结县自卫团,派兵联合镇压。

杨孝环的行迹已引起了敌方的注意,被许老五的长子、张翘胡子等人监视在欧老四饭店里,无法脱身。

深夜十二点,张声振设法摆脱敌方的跟踪,赶了回来,把敌情变化的详细情况向严仲怀做了汇报。严仲怀他们得知暴动计划已经泄露,快下半夜了,太湖徐家桥的人至今还没有到,而且甘信元本来就不赞成打许家岭。他们随即决定召开紧急会议。他们认真分析了敌我形势,发表了各人的见解。

党员骨干叶光欧等人认为,如果就此终止暴动,势必在群众中失去威信。他们极力主张按照原定计划执行。会上的大多数人则认为,太湖的武装人员没有如期到达,我们人数少,实力弱,不能冒险。最后,会议按照大多数人的意见形成决议,停止向商团发起攻击,暴动队伍分头安全撤离。

许岭暴动失败。

几天后,当地反动势力勾结县自卫团三十多人,开往许家岭地区,大肆搜捕参加许岭暴动的共产党员和革命群众。自卫团先到洪家岭街上搜索,住在天主堂小学,搜查共产党农民武装的枪支和各种证件。

当晚,三十余人持枪到严家小屋,将严仲怀家房子团团围住,进屋搜查。

好在严仲怀事前得到报告,知道敌人要来搜查他,躲到金塘杨孝环家里去了,然后同杨孝环一起,转移到九成畈王家墩王相亚家,与王相亚接头。严仲怀在洪家岭脱险时,写了便条叫地下交通员送给下仓埠严振东,通知他马上转移。当天晚上,严振东跑到章国保的船上躲藏。

在严家小屋没抓住严仲怀,第二天,敌人三十余人先后开到金塘杨孝环家和下仓埠街上严振东家,都扑了空。敌自卫团对严振东父亲说:"你儿子不学好,我们来捉他,以后要严加管教。"

严仲怀和杨孝环在王相亚家接头后,严仲怀过江到江西彭泽去了,杨孝环到洲上他岳母家躲避,严振东一直在船上。

几天后的一个晚上十时许,严仲怀从彭泽回来,杨孝环从洲上回来,严振东从湖上乘船,按照几天前离开时的约定,各自赶到王家墩,几个人在九成畈王相亚家秘密会面,商定工作策略。

严仲怀说:"如果敌人搜查得紧,我们就走,我就到彭泽去;如果敌人松一点,就回来活动。"

杨孝环说:"我不走,如果敌人搜查得紧,我就到岳母家躲一段时间;如果敌人搜查不严,我就回安岭上,好在安岭上姓杨的多。"

这次会面后,严振东回到家时,他爱人生病去世了,他感到异常悲伤。敌人又不停地搜查,他只好在他父亲家吃住。父亲对他很生气,不要他在家住,不准他办学校、搞革命活动,给他五十块银圆,让他乘坐严正茂的船到香口,离开宿松,到山东去。后来,杨孝环和杨乔春也转到山东。

甘信元、张声振、张大猷等党员,在暴动失败后,也都先后离开了湖区。

由于转移及时,许岭暴动的领导和骨干躲过了敌人的抓捕。因为上面国民党县政府抓得紧,敌自卫团没抓到要人,交不了差,就在湖区乱抓人。

下仓埠街上绅士胡茂济,横行霸道,经常带自卫团、警察局武装人员在安岭上、下仓埠、洪家岭、九成畈、毕家岭一带搜捕共产党员。他在湖区一带冒充军官,敲诈勒索,常常跑到县政府报告,说某某人是共党分子,假报有钱的商人是共党分子。洪家岭杂货店老板胡惠芳、下仓埠商人严茂凡等人都吃过他的亏,被官府抓去关押。事后他又假装关心人家,出面调解,讹人钱财。

整个东乡湖区风声一直很紧,中共许岭特支被迫停止活动,湖区革命转入低潮。

第三章　渔火苏维埃

●8

1931 年初春,地上的雪开始融化,小草露出嫩绿的芽,湖上帆影点点。

许岭暴动失败后,为扭转宿松湖区的革命形势,中共安徽省委驻上海的领导机关指派大夏大学青年学生、中共党员杨学源回到家乡,恢复和发展湖区党的活动。

杨学源在上海地下党组织的安排下,为躲避上海当局的追捕,从黄浦江登上一艘货轮,溯流而上,到达彭泽县,然后过小孤山,转乘一叶渡船,走黄湖,往泊湖,下船上岸,到达家乡碧溪嘴的时候,已是夜色笼罩。

年轻的杨学源心怀革命的理想,踏上了故乡的土地。他回望身后茫茫的湖水,湖上是渔火点点,明明灭灭,忽隐忽现;天上是星光闪烁,近在咫尺,远在天涯。他心潮澎湃,当夜写下一首诗《别了我的上海》：

　　……

　　我的血尚未流尽

　　但最后一点

　　总淌在敌人的枪头上

　　……

　　杨学源，就是那年寒假在金塘组织农民协会的那个杨碧华，杨碧华是他的小名，1911 年出生在金塘的湖边村庄碧溪嘴。他六岁入私塾，八岁入北山小学。由于天资聪颖，智力超群，塾师呼之为神童，十二岁那年，小学还没毕业，就以优异的成绩考取安庆六邑中学。

　　1928 年，杨学源与同乡学生廖瑞荣、许雪夫等，还有他弟弟杨学渊一起，转入安庆一中就读。在这里，他开始受到马列主义的熏陶和影响，积极参加爱国学生运动。他为首组织了"读书会"，邀请一中和六邑中学的进步学生廖瑞荣、杨学渊、石琳、许雪夫、孙吉安等入会。搞"读书会"是一个名义，实际上是开展组织活动，学习共产主义。在"读书会"成立集会上，杨学源对大家说："反动政府非常黑暗，我们要找新的出路，会后，有什么需要解决的问题，我们一起研究。"每逢星期天，他们就在菱湖公园等处秘密集会，阅读十月社会主义革命的书籍，讨论中国革命的前途和命运。

在安庆一中念书的第二年，也就是 1929 年，杨学源利用"读书会"秘密组织安庆学生，联络市民群众，打着反帝、反封建的旗号，在街上开展游行示威活动，受到校方严管。

幸好，不久，杨学源考取上海大夏大学。他与表兄许雪夫、族侄杨鹏九等一起，转入上海大夏大学读书。上海这个大都市，极大地开阔了杨学源的眼界。他积极参加学校马克思主义研究小组的活动，寻求救国救民的真理。当年他便加入了中国共产党。

受他的影响，许雪夫、杨鹏九也一道参加了共产党的地下组织活动。他们一起组织学生罢课，反帝、反封建，反蒋介石叛变革命。后因机密泄露，三人均遭国民党上海当局的缉捕。许雪夫、杨鹏九被逮捕入狱，杨学源凭着过人的机智灵敏，逃脱了当局的抓捕。

一天中午，他正在体育场踢足球，无意中发现球场一端围观者中间突然出现骚乱，几个探头探脑的陌生人，正从人堆里往球场边挤，似乎在寻找什么。他立即警觉起来，并灵机一动，飞快地将足球抢在手中，迅速跑向球场的另一端。一同踢球的同学大惑不解，一边追赶，一边质问他为何故意犯规。他顾不上解释，越跑越快，转眼之间跑到了足球场另一端的边缘，忽地一个转身，用力把足球抛向球场中间。同学们争先恐后地向球场中间跑去，他却趁机插进人群，瞅准机会离开了现场。事后得知，那几个陌生人正是前来抓他的暗探。

这件事情发生以后，风声越来越紧，校方也以"鼓动学生罢课闹事"为由,将他除名。和他一起除名的还有宿松廖河的廖瑞荣。他们被迫离开了学校。

被大夏大学当局开除学籍离开学校以后,杨学源流落上海街头,以帮人写字和卖画营生,生活十分窘迫。但他毫不气馁,抱着坚定的革命理想,继续开展秘密组织活动。

这时候,宿松湖区的叶光欧来到上海。杨学源见到叶光欧非常兴奋,问他怎么来上海了。

叶光欧说:"家里待不住了,我们一起干革命吧!"

杨学源又问:"宿松怎么了?革命形势不好吗?"

叶光欧说:"宿松革命形势发展很快。因为我舅哥熊果生的案子,他们到处抓我。我舅哥熊果生,前不久被国民党安徽省政府主席陈调元指令部下杀害了。"

为了摆脱敌人的跟踪,杨学源找来廖瑞荣,他们三人一起,决定进入工厂,开展工人运动。廖瑞荣找到在中共中央工作的任弼时,由任弼时直接领导。任弼时安排他们在康宁路一带开办一所工人夜校,由廖瑞荣任校长,秘密组织工人运动。

他们来到日本人开办的沪西纱厂,在工人中间进行宣传发动工作,在厂区墙上书写标语,组织工人罢工、市民罢市,带领、指挥工人们斗巡捕、冲击日本领事馆,散发蒋介石叛变革命、屠杀革命群众和青年学生的传单,呼吁人民起来推翻蒋介石的反动统治,反对帝国主义、封建主义。

杨学源、廖瑞荣受到国民党上海当局的缉捕,处境十分危险。刚刚在中共六届四中全会当选中央政治局委员的任弼时考虑到他们的处境,决定让他们转移。杨学源被派往中共安徽省驻上海的地下党组织重新安排工作。安徽省驻上海地下党考虑到杨学源是宿松湖区人,恰逢宿松湖区革命在许岭暴动失败后处于低潮,革命形势亟待转机,就指派杨学源回家乡恢复党的活动,开展湖区革命。廖瑞荣被派往河南,任河南省委宣传部长,从事地下组织工作。不料,在前往河南的途中,廖瑞荣遭到国民党特务盯梢,被暗杀。

●9

杨学源回到宿松湖区,一踏上故乡的土地,就积极开展革命活动。春雨连绵不断,一下就是一个月,湖水迅速涨起来了,到处是水灾。他撑着一把油纸伞,踩着泥泞的乡间小路,外出与上级党组织秘密联络。他找到了鄂东苏维埃地区政府,党组织任命他为中共宿松特别区委(湖区)书记,领导当地革命斗争。

上任后,为了便于开展地下工作,他到许岭第一实验小学去当教员。这个许岭第一实验小学,是他弟弟杨学渊从安庆高中毕业回来后创办的。

杨学源以教师身份做掩护,以许岭第一实验小学为活动中心,教育和发动群众起来闹革命,秘密恢复和发展党的组织,目的是想先在教育界有个大发展。他认为教育界多是读书人,容易接受新思想,有力量推动革命工作。

他在学校的立柱上，用油漆题写校训："要立志做大事，勿存心做大官；少说话，多做事，以自己的心献给群众。"以期引导其他教师和学生。

当地群众普遍没有文化，为启发当地农民的阶级觉悟，激发他们同地主恶霸进行斗争的热情，杨学源成立了一个名叫时代京剧的剧团，团员有叶光欧、张晖、孙吉安、石琳、许雪夫等。他们自编自演在许家岭街上唱戏，在墙上画漫画。这些形式通俗直观，群众喜闻乐见，背地里都知道是揭露地主恶霸欺压穷人、不劳而获的丑恶，再现贫苦农民终日辛劳、缺衣少食的悲惨状况。

杨学源自己也编歌谱曲，教给他人传唱。他有一首《穷人调》是这样唱的：

锣儿不要敲（喂）哎咳哟，鼓儿不要敲（喂）哎咳哟，听我（喂）唱个（哪）穷人调，朋友哇，大家都莫笑哎咳哟。

穷人（么）真是苦（哇）哎咳哟，衣服破着无片补（哇）哎咳哟，扯根（哟）麻线（哪）打补丁哟，补起窟窿好遮身（哪）哎咳哟。

老娘（么）床上病（哪）哎咳哟，无钱来买药（喂）哎咳哟，煮个（喂）鸡蛋老娘养养身，儿啦，好比吃人参（哪）哎咳哟。

叶光欧写了这样一副有寓意的对联，贴在门上：

上联是"进出屎尿"。

下联是"左右柴猪"。

用"柴猪"暗射"财主",取其谐音,一语双关,路人看了无不捧腹大笑,说妙不可言。他向学生讲解对联的寓意,激发他们对官僚地主、对当时社会的痛恨。

这些现代文明戏、现代漫画、现代艺术,以前人们从没见过,一时在许家岭一带产生了不小的影响。

杨学源忙得不亦乐乎,白天上课、唱戏,晚上开展秘密组织活动,好久都没有回过家。

他们剧团一帮人正在排戏,他的未婚妻石毛妹突然来了,给他送来了一些衣物。石毛妹是杨学源小的时候家里给他定的娃娃亲,人贤惠,长得也好看。见石毛妹来了,杨学源有点不好意思,大家却一哄而上打开包袱,看看给杨学源带了些什么东西。看到其中有几双千层底布鞋,大家就拿出来。

有的说:"毛妹,这一双是做给我的吧?"

有的说:"毛妹,也给我纳一双嗒?"

引得大家哄堂大笑。

到了下午,石毛妹提出要回家去,杨学源说:"我在学校也正缺人手帮忙,你就留在学校里吧。"

石毛妹不好意思,低着头说:"我又不识字,那哪行?"

杨学源说:"行,只要帮我做些学校的联络工作就行。"

大家在旁边听着,又围上来七嘴八舌:"留下来吧,和学源谈谈恋爱呗!"

石毛妹就更不好意思了,脸颊绯红,立马跑回杨学源房间去了。

晚上,杨学源通知大家到那间专门用来开会的房间里开会,有人开玩笑说:"学源今晚结婚,哪有时间开会?"

玩笑归玩笑,开会的时候,有党员提议,以组织名义安排石毛妹留在杨学源身边,名义上担任学校工友,暗地里负责从事地下联络员工作,协助他开展革命活动。就这样,石毛妹跟随杨学源在许岭小学住下来了。

杨学源还特别喜欢串亲访友。他是利用这种方式,培养农民运动骨干。自己不便出面的时候,就叫石毛妹去联络。

因为水灾,各地农民春种受损,午季无收,地主和官家租息照收不误,老百姓怨声载道。杨学源加紧活动,在家乡碧溪嘴成立了农民协会、儿童团。通过各地的农民运动骨干,很快组成了数千人参加的贫农团、互济会,在许家岭、洲头、坝头一带大搞减租减息。

一方面,杨学源加紧利用中共宿松特区(湖区)区委书记的身份,秘密发展进步教师和进步青年入党。许家岭的张晖、许雪夫、胡树滋、陈述平、许卓哉等教师,还有洪家岭杨恩来,程家岭詹大金等,相继加入了共产党。另一方面,他积极建立和恢复了城关、二郎、凉亭、复兴等小学支部。入党不久的詹大金也很快就在程家岭发展了一批党员,成立了程岭党支部。

形势发展很快,一个以洪家岭、许家岭、下仓埠为中心的革命火焰向周边地区蔓延。

恰逢这时候,中共安徽省委机关遭到敌人破坏,杨学源在湖区领导的中共宿松特别区委,与上级联系被迫中断。杨学源就积极创造条件,与活动在宿松西北山区的中共宿松县委接上组织关系,改特别区委为东区区委,继续以湖区为活动中心,开展革命活动。

湖边的古老村庄碧溪嘴,杨学源家张灯结彩,喜气洋洋——这一天,杨学源按照湖边风俗,举行结婚典礼,好多亲戚、朋友纷纷前来祝贺。

碧溪嘴的人发现,来往的客人,好多从来都没有见过。怎么这么多陌生的人?

其实,杨学源还顾不上办个婚礼,他是以举行婚礼为掩护,召集张晖、石琳、叶光欧、许卓哉、廖瑞荣等四十多名革命骨干在家里开会,成立宿松县东南乡苏维埃政府。

晚上,等人们散去以后,四十多名革命骨干围坐在堂厅里的一盏油灯边上开会。会上,杨学源被推选为宿松县东南乡苏维埃政府主席。会议要求大家广泛发动群众,趁大灾之后、饥荒之年,组织贫民团,培养武装人员,待红军到宿松后,集体参加红军。

会后,为树立苏维埃政府的威信,掀起土地革命高潮,苏维埃政府在湖区大量张贴标语和散发传单。一时间,到处都是"打倒贪官污吏""打倒土豪劣绅""条牛担种我不问,地主老财我占份"等标语、传单。同时,组织农民开展减租减息运动。

●10

湖区革命形势发展迅速,群众的革命热情高涨,地主恶霸大为震惊,引起了国民党政府的警觉。国民党湖区政府开始搜查共产党地下组织,破坏贫农团。贫农团里有些人立场不坚定,向官府告密。杨学源他们不得不隐蔽下来,活动被迫停止。

家门口抓得紧,杨学源就暂时回避一下,往宿松洲区去做组织发展工作。

杨学源坐渡船过黄湖,上岸从洲地王家营往上洲去,行至詹家峦,远远地望见有十几个背着长枪的人,正从江堤往下走。他很快做出判断,来者十有八九是国民党地方警察。

他是异乡人,如果继续往前走,势必招致迎面而来的警察的盘查;如果转身往回走,也会引起敌人的怀疑。怎么办呢?他向四野一望,不远处有一个农民正在耕地。他灵机一动,一个应付敌人的妙计产生了。

他飞快地走近那个耕地的农民,打了一个手势,又耳语了几句,然后拉着农民走进江堤下的一丛芦苇,迅速地接过农民脱下的衣裤,又把农民解下的长布帕系在头上。不消片刻,收拾停当。

他回到地里,像一个农夫一样,一手扶犁,一手牵牛,一边轻松地吆喝牛儿,一边熟练地唱起一支自己编唱的山歌:

正月啰长工哦正月天,
姑嫂二人哪嘴都尖哪,
又说我长工哦吃多着饭,
又说我长工哦要多着钱,
……

就这样,凭着巧妙的化装以及熟练的耕作技术,杨学源顺利地避开了敌人的盘查。

转眼到了1932年,中共宿松县委领导成员奉调去红山中心县委参加"肃反",杨学源领导的东区区委就无法联系县委了。他们再度与上级组织失去联系。

面对不利形势,杨学源丝毫没有动摇自己的信念,而是领导东区区委坚持独立活动。他坐船走泊湖前往望江、太湖,把组织活动范围延伸到太湖、望江的泊湖边区。

家在坝头乌池的共产党员田丰和田少春他们找不到杨学源,就找到孙纪正,一起到上海去找组织关系。他们从九江坐船跑到上海,才发现,中共中央总书记向忠发被捕,上海的党组织也很隐蔽,找不到人。

杨学源发现田丰他们去了上海,就托人捎信,叫他们回到安庆。他们当即动身,在安庆见到了杨学源。和田丰、田少春一起的,还有一个叫商群的彭泽县的党员。杨学源说在浮山中学找到了党的关系。

4月,杨学源过江去江西彭泽县,根据商群提供的线索,找到当地党员周静轩、汪益之、李庚庆,与赣北特委取得了联系。然后,他高兴地返回宿松湖区,迅速组织大家到长河口三角墩召开党组织会议。

长河口是黄湖和泊湖相连的地方,黄湖水就是经长河口缓缓流向泊湖的。三角墩是这里一个三角形的湖上荒滩小岛,没人居住,只有放鸭子的人搭了个鸭棚在上面。为了安全起见,杨学源他们选择在这里开会。这天上午,大家陆陆续续来到三角墩,鸭棚里没几个凳子,大家就把当柴火的干蒿禾垫在地上坐。他们就这样开会,成立中共太宿望中心县委,受中共赣东北省委领导,杨学源任中共太宿望中心县委书记。

中共宿松县委领导成员奉调往英山参加"肃反"以后,按照中共红山中心县委书记曹大骏的决定,撤销了原宿松县委,成立了中共宿松特别区委。

此后一段时间内,中共宿松特别区委与杨学源领导的太宿望中心县委组织上归属不一,活动处于相对独立状态。

为开展洲区的武装活动,太宿望中心县委成立新编松南游击大队,任命谢关记为大队长,在洲区汇口、程营、张月一带活动。

为打通湖区与山区党组织之间的联系,杨学源委派叶光欧、杨恩来等人去宿松西北山区,联系山区党组织。

叶光欧、杨恩来等人到达山区找到了山区党组织,负责山区党的日常工作的同志却说:"你们湖区的革命者,好像多数都是剥削阶级家庭出身的学生、知识分子吧?哪里经得住大风大浪的考验!"

他们以这个为由,不接洽。

叶光欧、杨恩来他们只好失望而归,回到许家岭,把山区的态度告诉杨学源。

杨学源沉默了一会儿,说:"不管了。"杨宪和胡树滋说:"最近,国民党县政府正在准备组建'铲共团',那些土豪劣绅劲头十足。我们先压压他们的气势。"

当天晚上,杨学源、许卓斋、许雪夫在许岭小学连夜写了三百张标语。第二天,安排杨恩来送到县城,交给已调到宿松中心小学当教员的共产党员杨宪和胡树滋。晚上夜深后,杨宪和胡树滋将这三百张标语全部张贴在县城里。

清早,县城大街小巷里,到处都是标语:"打倒国民党反动派!""打倒土豪劣绅!""谁参加'铲共团'就铲谁!"……落款一律是"太宿望中心县委"。围观的人们议论纷纷。

国民党县当局深感震惊,前几天还张罗得浑身是劲的土豪劣绅们纷纷缩头,不敢露面了。原先打算召开的组建"铲共团"的大会都不敢开,此后不了了之。

这时候,太湖经常有人到许岭学校来联系。严仲怀也秘密地回来了。他们带来了党组织提出的现阶段的主要任务:健全武装,扩充武器,为发起武装暴动做准备。

●11

11 月的一天夜里,杨学源召集许家岭、洪家岭的党员张晖、石琳、许雪夫、孙吉安、杨达金、严仲怀、杨明忠、许卓哉、石建平等,在许岭学校最后面的一间教室里秘密开会,决定在许家岭动手,由南乡的新编松南游击大队出兵,再次发起暴动。太湖有三个人参加会议。他们决定由教育界人士捐款,买枪支、弹药,计划暴动时间还定在阳历新年的时候。

杨学源安排杨学渊和杨达山到县城联系买枪。

他俩打扮成生意人的模样,在县城转来转去,找不到路子,就到宿松中心小学找到胡树滋和杨宪。胡树滋说:"我认识北门街旅社的沈老板,很多过往的生意人常住他的旅社,看看他有没有路子。"

胡树滋找到沈老板,说:"我有两个做生意的朋友,想和沈老板谈谈,能不能找到紧俏物资。"

沈老板说:"可以。"

他们来到一家茶馆的里屋,坐下来喝茶。杨学渊小心试探着问:"我们也是做生意的,想贩贩'那个',这年月,只有'那个'容易来钱。"

"沈老板有路子吗?"杨达山补充说。

沈老板一听就明白,答复"可以"。

他们就托沈老板设法代买,说好由沈老板把买好的枪支弹药埋在县城东门宝塔那里,然后他们再去设法运回,以免暴露身份。

第一次买了六十发子弹,第二次买了一支短枪和四十发子弹,都按照事先的约定顺利取回许家岭来了。

杨学源觉得这个沈老板有路子,就叫杨学渊和杨达山设法把姓沈的争取过来,为组织提供情报,每月发给二十块银圆的报酬。谁知,这个姓沈的暗地里每月在国民党县党部领取津贴,是为国民党做情报的。

第二次买来的短枪取回后,杨学源一看,枪是坏的,不能用。然后安排把这支枪送回县城,趁晚上埋在宿松中心小学花坛底下,约好姓沈的第二天拿回去退了。

当天晚上,国民党县党部何亦京带兵把宿松中心小学包围起来,在花坛底下搜出了那支枪。

他们由此判断这是教育界的人干的事,宿松中心小学更脱不了干系,随后,大肆搜捕教育界人士,派人抓四乡各校的校长,引发全县初小、高小全部停止教学。胡树滋、杨宪均被捕。杨学渊因为是许岭第一实验小学的校长,也被抓,解到安庆的安徽反省院,六个月才释放。

但是,杨学源并没有失望。农历年底的时候,他再次派叶光欧前往山区,继续联络山区党组织。

恰逢这时候,国民党正在山区紧锣密鼓组织"围剿",建立不久的中共蕲宿太工作委员会和蕲宿太游击队无法在原地继续活动,需要暂时转移,迫切需要各方面的支持。这时候,山区负责同志的态度不像上一次那么怠慢,而是热情地接待了叶光欧。

湖区党的组织中共太宿望中心县委正式与山区的中共蕲宿太工委接上了关系。

山区提出转移部分人员到湖区来,杨学源不计前嫌,热忱派专人接应。山区负责人陈开运、姚鹏、何瀛、李芸生等来到湖区,杨学源妥善安置好他们的生活。为安全起见,把他们先安排在湖边船上生活。但是山区人对湖边船上的生活很不习惯,同时还对杨学源有些不放心。因为杨学源是从上海回来的,他们觉得还不清楚杨学源的底细。特别是陈开运,对何瀛、姚鹏、祝仲山他们说:"你们天天这样搞来搞去,又不注意,迟早是要出事的。我不跟你们搞了……"说完,就离开湖区,到梅墩畈五谷庙一带去活动了。

为消除隔膜,取得信任,更为了统一行动,便于领导,杨学源又主动与山区党组织负责人协商,要他们把他们的书记陈开运找回来,一起商量,将两地原有党组织合并,成立中共蕲宿太彭工作委员会,让山区党组织负责人陈开运任书记,杨学源任副书记。

陈开运又回到湖区,中共蕲宿太彭工作委员会成立。湖区党的组织和革命活动,又有了统一的领导。

他们派遣李宗德和张选成过江,去江西彭泽县开展工作。李宗德和张选成在一座窑厂谋得一份窑工工作,以便掩护,白天在窑厂干活,晚上活动,发展群众组织,扩大活动范围。

第四章　点水起火

●12

　　杨学源在许家岭、洪家岭积极开展革命活动的时候,詹大金在程家岭那边的革命活动也正如火如荼。

　　詹大金是程家岭的私塾教师,年富力强,有文化,革命热情高,年龄比杨学源稍大,在程家岭一带很有名。为发展程家岭地区的党组织,詹大金在程家岭地区,以杨辛畈为中心,积极宣传群众,发动群众打土豪,分浮财,抗租抗息。他在斗争中考验进步青年,先后发展了十余人加入共产党,在杨辛畈洪家冲召开会议,成立了党支部。

　　程家岭党支部的主要成员除了詹大金,还有石墨华、肖衡清、石介芝、肖明中、张乙卯、祝鼎新等。张乙卯是詹大金的老表。祝鼎新是陈汉山里人,又名祝仲山,宿松游击队队长,山区遭"围剿"后,他一直在程家岭活动,矮个子,相处熟悉了后,大家亲切地称他祝矮子、祝老先生。平常支部活动多在洪家冲,也经常在肖明中家开会,因为肖明中家在洪家冲附近。有时候为了隐蔽些,也在程家岭一带的山中聚合。

詹大金是程家岭肖家弄人,1903年他出生在这个湖边小村的一户贫民家庭,皮肤黑黑的,小名叫黑宝,幼年时随父亲迁到杨辛畈赵家屋住。小时候家道贫寒,他常常饿肚子,衣不遮体,父母节衣缩食供他在村子里念了七年私塾,后又在北山私立小学念了几年。"大金"这个名字,是他在杨辛畈念私塾时,塾师秀才石锡康给取的,因为他五行缺"金"。

念完书后,詹大金在家乡杨辛畈以教书为业,多年依然过着十分清贫的生活。他目睹程家岭的恶霸石新元他们官商勾结,横行乡里,无恶不作,却过着骄奢淫逸的生活,老百姓苦不堪言。他在家上有父母,下有妻儿,为了生活,为了摆脱贫穷,决心跟着共产党,团结穷人一起来闹革命。

1930年秋天,一次偶然的机会,他在程家岭茶馆喝茶时,遇见几个北山学校的同学,谈及生活家境和今后的打算,感觉不能这样窝囊一生,碌碌无为。他们决定一起外出联系共产党。

不久,他找到了共产党在程家岭组织的农民自卫协会,并且加入了协会,积极参加农民运动,热情高涨。第二年春天,他加入了中国共产党。

程家岭的支部属杨学源领导的中共宿松特别区委(东区区委)和后来的太宿望中心县委等领导,他和杨学源联系密切。一开始,程家岭地区的群众组织没有武装,在开展抗租抗息和反对地主恶霸时,没有胆气。

1932年的一天,詹大金来到许家岭找到杨学源,想弄些枪支来武装农民自卫协会。

这时候,正是杨学源在许家岭叫人到县城买枪支失策,胡树滋、杨宪等人被捕,一筹莫展的时候。杨学源和詹大金一拍即合,决定到大别山区去买一批枪支、子弹回来。因为他们知道,大别山深山区革命活动开展得早,容易搞到枪支。

为稳妥起见,这次他要和詹大金两人亲自去。杨学源带上上次在许家岭教育界进步人士中秘密募捐的一袋子银圆,和詹大金一起前往大别山区。他们辗转来到六安,冒着危险,在深山里三弯九转,才找到卖主,买下十支长短枪,一批子弹。

这十支长短枪可是很扎眼的货啊,怎么弄回来? 出了赤区,沿途如遭到盘查,可是要杀头的啊。他们决定用剩下的银圆,买一口破棺材装着,面上用干稻草盖严实,这样运回来。

他们装成表兄弟,雇了一辆驴车,沿途顺利经过了不少关卡的盘查,走了好几天,终于回到了程家岭。

有了这十支长枪短枪,程家岭的农民武装就有了同地主恶霸斗争的底气。

在程家岭地区,特别是恶霸石新元,老百姓对他深恶痛绝。石新元是本地杨辛畈人,早年官商合伙贩卖私盐,发财后,就在程家岭街上开商铺、茶馆、酒肆、赌场,家业巨大,跟地方官员勾结,以钱贿官,横行乡里,欺压百姓,强行收取地租、杂税。

刚成立不久的中共蕲宿太彭工委决定,适时在程家岭地区和九成畈地区分别开展一次针对恶霸的镇压活动,鼓舞湖区的革命斗志,树立湖区群众的信心。

●13

腊月黄天,天气阴沉,北风呼啸着从湖上吹来,寒气逼人。一早,村庄的人们大都窝在家里,外面少有行人,只有中共蕲宿太彭工委的委员们顶着寒风,陆陆续续赶往程家岭附近肖明中家,参加工委会议。会议由工委书记陈开运主持,杨学源、何瀛、姚鹏、詹大金等都参加了会议。

人到齐以后,陈开运就开门见山地说:"工委决定在程家岭镇压恶霸石新元,在九成畈镇压王家墩的王老八,今天大家决定怎么干,要讨论一个行动方案。"

气氛立即活跃起来,大家都说:"一定要干,我们没有动作是不行的。"

接下来讨论、制订行动方案。首先讨论镇压石新元。

祝鼎新提出:"对石新元我们不镇压,只向其借款,以弥补党组织活动经费。"

刚说完,就遭到大多数人的反对。

杨学源说:"我们主要是镇压石新元,对其家庭财产一律不准没收。"

詹大金坚决支持杨学源的主张:"我是程家岭人,我知道石新元罪大恶极,群众恨之入骨。只要他的钱而不镇压他,群众不满意。"

吃过午饭,他们就到程家岭街上去散发传单,张贴布告,宣布石新元的罪状,还安排几名农民自卫协会骨干,在石新元家附近,秘密看好石新元的行动,以免石新元逃跑,同时,发动群众在大街上敲锣,游行。杨学源走在队伍的最前头,带领大家沿街喊口号"打倒地主恶霸""减租减息""不要帮地主做走狗"……

同时按照预定方案,连夜行动,捉拿石新元。当晚就顺利地将石新元从家里揪出来,逮到杨辛畈关押起来。

第二天一早,风停了,太阳也出来了。程家岭一带的群众纷纷就着这个好天气上街来,办些年货之类的。他们在街上看到传单、标语和控诉石新元的罪状,都交头接耳:"共产党干得好!"

下午,程家岭街上人山人海,人们都来观看枪杀恶霸石新元。在一块开阔的空地上,平时不可一世的石新元,双手被捆在背后,跪在上千群众的面前。革命者在群众面前宣布了石新元的罪行,然后一声枪响,一代恶霸石新元应声倒地……

枪决了程家岭的石新元,下一个目标就是迅速捉拿王家墩的王老八,以免夜长梦多,走漏风声。

中共蕲宿太彭工委又开会,讨论如何捕捉王老八的问题。

一天下午,他们集合在碧溪嘴湖边的一个十分狭小的茅舍里,几个从许家岭、洪家岭来的党员和交通员恰巧也来到这里。晚间开始了整个工作的布置和讨论。陈开运、何瀛、姚鹏等几位领导,大都是在山里赤区受国民党打击破坏后来到湖区的,对白区工作方式不熟悉,不善于发动群众。在讨论方案的时候,他们和湖区的人意见不一,一开始就争执,而且十分激烈。杨学源由于前期的奔波,生过一场病,气血亏虚,身体还没完全恢复,没气力,一开始没说什么话。

在讨论经济问题的时候,杨学源说:"我们的困难是工作而不是经济,不是经济的问题影响了我们的工作,相反是工作不实际、不深入,使我们感受经济的困难。我们十分需要投入群众中去,在群众中去生活,去工作,去群众中发现新的工作方式。这不仅可以解决经济的、工作的问题,而且能解决我们行动的技术问题。离开群众就是自杀。"

来自山里赤区的人紧接着说:"解决经济上的困难是一切工作进行的先决条件,有经济不会没有群众的。目前我们应当立即进行经济的游击工作。我们在赤区是有过这样工作方式的。"

杨学源问:"那我们要不要群众配合去行动呢?"

他们又说:"这一工作是我们几个负责人的专任,要对群众绝对保密。"

杨学源支撑着疲惫的身体站起来,激愤地说:"游击战争不管是搜缴敌人的武器还是富豪的钱财,应当是一种群众的运动,而且是运动的最高形式。不要群众参与和配合的游击,不仅绝对不是党的政治路线,而且是显著的和土匪抢掠没什么两样!"

他继续说:"这是脱离群众的观点,一定要发动群众参与行动。"

但是,山里赤区派的意见占了上风,杨学源的意见没有被大家采纳。

一个星期后,杨学源病情稍有好转。一个漆黑的夜晚,陈开运、杨学源、何瀛、姚鹏等十多名党员带着枪支,各自悄悄赶往九成王老八的村子王家墩。黑暗笼罩着山林、田野和村庄,沿途村庄的人们陆续睡下了,只有远近的几家灯火与断断续续的狗叫声。他们按照预定的时间,顺利到达王家墩附近一片杨树林子里,各人站到预定的位置。这时候,有狗突然拼命狂吠起来。他们快速行动,冲进王家墩。几声枪响之后,王家墩的群众误以为是湖匪来抢劫村庄,全都拿起锄头跑了出来。

因为九成地区三面环水,东边是成片的芦苇荡,"天高皇帝远",一直以来湖匪横行。为防止湖匪进村抢劫,一有情况,村子里就有人敲锣,然后聚全村之力与湖匪斗。

这次也一样,王家墩的群众拿出铜锣死劲敲打,嘴里大喊:"有湖匪啊,快出来打湖匪!"

群众的喊打声、铜锣声,震动了整个村庄。黑暗中,农民们愈集愈众,很快将革命人员围困在村里的一角,场面十分危险。

杨学源当机立断,朝群众大声呼喊:"我们是共产党,是群众的队伍,不是湖匪,是针对恶霸王老八的。"这时,村民们才平息下来。

等他们冲到王老八家,发现王老八不在,已经趁乱趁黑逃之夭夭了。他们在王老八家没找出什么钱财,只翻出一些借据。看看这些借据,都是张三李四借他王老八几斗粮食、几多钱财、什么利息,他们就全部撕掉,并点火一把烧毁,然后匆匆撤退。

撤退后,他们集合在九成的一名党员家,一夜未睡,都在后悔没有采纳杨学源"发动群众参与"的意见。

●14

不久,程家岭传来消息:恶霸石新元没有被打死。

可能是枪决时没打中要害,执行枪决后,石新元的家人将他的"尸体"抬回家。第二天,就有人看见石新元被送到九江医院治枪伤,没死,活过来了。

共产党在程家岭枪决石新元,在九成畈捕捉王老八,这两件事,在整个湖区,乃至县城,都产生了很大的影响,人们口口相传,老百姓抗租抗税以及呼吁打到土豪恶霸的激情高涨,引起了国民党宿松县当局的恐慌。大年一过,立即派兵对湖区开展"围剿",大肆搜捕共产党人,杨学源等人被通缉。

湖区一片白色恐怖。

面对严峻形势,3月25日晚上,中共蕲宿太彭工委在湖边的一条小船上召开紧急会议。会议一开始,杨学源就表达了自己的观点,说这次失败的主要原因就是脱离了群众。但来自山里赤区派的工委成员们听不进去,表达了不同的观点。很快,赤区派和白区派就争执得十分激烈。赤区派主张革命应该独立搞游击,白区派坚持革命要走群众路线,要发动群众。

等他们争执了一阵子后,杨学源站起来,发出质问:"当我们离开群众独立去干的时候,就像在九成王家墩抓王老八,群众是执行怎样的任务呢?

"我们将根据什么来让群众区别我们与土匪呢?

"我们的党为什么能撑开四百多个县的局面,建立苏区,领导百万的红军呢?

"革命成功是谁的幸福呢?"

杨学源一连串的发问,问得赤区派们无话可说。

最后会议决定:工委成员一律分散转移,留下杨恩来负责湖区党的地下工作。

杨学源与陈开运一道离开宿松,前往江西彭泽县去寻找组织关系。杨恩来在金塘地区隐蔽下来,秘密开展党的组织活动。

詹大金转移到湖北黄梅县,去联系黄梅县的党组织。因为黄梅被周边远近地区的革命者称为"小莫斯科",特别是国共合作的时候,党组织比较健全。现在党组织依然比较健全,而且武装力量也一直比较活跃,周边地区的革命活动一遇到什么不利形势,就往黄梅这个"小莫斯科"去"避难",或者寻求支持。

国民党当局没抓到什么人,知道他们都跑出去了。到7月,湖区形势逐渐有了好转。

詹大金与黄梅县党组织取得联系后,回到程家岭。杨恩来按照上次蕲宿太彭工委紧急会议的要求,召集湖区党员秘密召开会议,重新成立了中共宿松特别区委,詹大金任负责人。

新建立的中共宿松特别区委负责人詹大金,又在程家岭、许家岭一带开展革命活动,恢复了程家岭、许家岭两个支部。他们又在湖区广泛发动群众,开展抗租抗税斗争。

年底,许家岭湖区的党组织在碧溪嘴开扩大会,徐盛勤、杨恩来、杨达金等三十多人参加。中共赣北特委还派已在彭泽县委任职的陈开运、汪益之等参加。中共宿松特别区委很快又将湖区革命活动不断向前推进。

第五章　漂泊的理想

●15

在 1933 年春天的白色恐怖里,杨学源开始了异地流亡。

一个雨后的下午,他和陈开运等人一起,化装成商人,从碧溪嘴乘坐一叶小舟,荡漾在茫茫湖水之上。雨后的天空异常干净,一眼就能望见江西的莽莽大山。他们仿佛能望见那片山影里,那片千万劳苦大众追逐的红色苏维埃。

小船从华阳入长江,走小孤山,到达彭泽县的时候,已是夜色笼罩。

他们要在这里寻找党的组织。

但是,以前湖区的党组织与江西联系少,人生地不熟,他们不知道去哪里寻找,一行人仿佛漫无目的地行走在彭泽的山乡。因为人多,一遇到国民党的盘查,就容易暴露,他们决定分头走。杨学源带领政见一致的湖区几个同志一组,决定往浮梁县方向去。陈开运带宿松山里出来的一行人往浩山方向走。他们知道,更远的地方有一块红色根据地,也许能走到那儿。

他们白天行走,晚上疲惫了,就睡在荒野无人的茅草屋或者偏僻的庙宇里。

有一天,杨学源一行几个形似小贩的汉子,走荒野小径,穿林间荆棘,从早走到晚,走了四十多里路,已经疲惫不堪。他们在一棵孤独的老松树下歇息,望着不远的村镇开始亮起点点灯火,内心深感悲凉。为了支撑精神,他们一起唱起了《国际歌》,然后,大胆地走向那座村镇,找到一户人家,美美地睡上了一个晚上。

第二天一早,当他们离开那座偏僻的村镇不久,迷迷糊糊的,突然被笼罩在一种嘈杂的令人迷惑的气氛中,山路上,河水边,树林里,到处弥漫着悲哀的啼哭声、粗野的喇叭声、鞭炮声、司祭者和儿童的叫喊声。路旁的孤坟荒冢上,烟雾朦胧里飘着红绿色的纸旗。他们才知道,此时已是清明时节——漂泊异乡的惆怅顿时溢满心头。

傍晚,他们在路旁一个无人的茅草茶亭里歇息。因为走累了,几个同伴很快就靠在那里睡着了,杨学源却怎么也睡不着。他注视着黑暗的夜晚,深感不安。突然一道闪电擦过黑暗的夜幕,一阵急促的脚步声、铁器碰撞声,很快由远及近。刹那间,两个肩扛钢枪的士兵出现在面前。他们恶狠狠地盘问:"干什么的?"

杨学源机智地答复:"我们几个去山里,驮树挣钱,天要下雨,不敢走,就在这里歇会。"

"你们看到两个带枪逃跑的没有?"

"嗯,刚才好像有两个兵走那边路上去了。"

那两个士兵就朝杨学源手指的方向,急匆匆地走了,很快就隐没在夜色里。

于是,他们加紧离开茶亭,连夜赶路。走了不久,果然听见远远地传来几声枪响。

他们知道这是"拉夫",拉来的"夫"趁机逃跑。这事提醒了杨学源他们,几个年轻汉子,在路上很容易被"拉夫"。为了避免无谓的牺牲,他们决定更改预定路线,走无人的崎岖古径,走深山的险径。

不久,钱不多了,吃喝成了问题。他们不得不缩减每天吃的,只维持基本的吃喝,黄烟也不吸了。当口袋里最后一文钱用完时,他们感到生存的压力、生命维持的困境已经逼近。

大地沧桑,前途渺茫。他们不得不去出卖苦力,去做被人役使的雇工。富家出身的杨学源为混口饭吃,与斧头、扁担为伍,帮人家砍伐树木,驮树下山,出卖廉价劳动力。

而这时候,陈开运在彭泽浩山幸运地找到了党组织,不久党组织任命陈开运为彭泽县委书记。

杨学源在深山里砍柴、砍树,手磨烂了,衣服磨烂了,斧头上沾着自己的血垢,过着非人的生活,人又瘦又黑。日子一天天过去,一月月过去,不知道何时是尽头。

疲惫的夜晚,在一张纸上,杨学源悲愤地写下:"血汗不断流,烈日何时休。""如果上帝是仁慈的,顽石也会流下泪来。"……

终于有一天,在一条弯弯曲曲、偏僻的小路上,杨学源见到了中共彭泽县地下党员汪益之,这让杨学源喜极而泣。

通过汪益之,杨学源终于与中共浮梁县委取得了联系。他急忙向浮梁县委汇报了宿松湖区的革命形势。

为加强对宿松湖区革命的领导,不久,浮梁县委派杨学源和柳士钦一道,到宿松湖区视察工作。

●16

杨学源回到家乡,虽然只离开了半年,但他仿佛阔别了十年八载。

夜里,杨学源和柳士钦秘密来到杨恩来家里。

杨恩来喜出望外,向他们汇报了湖区组织的活动情况。杨学源他们也向杨恩来说明了浮梁县委的意见,因为形势的发展,宿松党的组织划归闽浙赣党委领导,今后也由江南拨付活动经费,勉励杨恩来他们坚定革命信念。这给杨恩来很大的鼓舞。

杨学源和柳士钦视察宿松湖区后,又回到浮梁县。不久,杨学源被中共闽浙赣省委任命为浮梁县委书记。

杨学源在浮梁县正紧锣密鼓地开展革命工作的时候,一股"左"倾浪潮从不远的中央苏区袭来。杨学源因为是知识分子,地主阶级出身,受到"左"倾势力的排挤。几个月后,他突然被排除在组织之外。

杨学源已经温暖并开始火热的心,再次被打入冰冷的地窖。他被迫离开浮梁县委。

此时已近深秋,杨学源来到彭泽县,面对滚滚长江,凝望着对岸的家乡,他无所适从,感觉无路可走。他知道,家乡宿松湖区暂时是回不去了,他杨学源在那里是高楼打鼓——名声在外,充满危险。

但彭泽县城也不是一个能久待的地方。他离开彭泽县时,已是身无分文,被迫流落到乡下。为了糊口,他就帮人家放牛,后又来到九江,在九江街上流浪,靠卖字营生。

组织上的不信任,生活上的穷困潦倒,让杨学源一时深感落寞。但他深知革命的不易,这一切并没能使他意志消沉,他决心重新思考中国革命的事业。

他白天卖字糊口,晚上回到低矮的出租屋,研究革命理论,撰写革命理论文章。于颠沛流离中,他以非凡的毅力,写下《宿松青年学生应走的路》《苏联和平外交是不是放弃世界革命》等一系列理论文章以及《牧牛者的哀歌》《我的一九三三年》《你总算踏进了人间》等诗文。

这是年底。

让我们看看杨学源写的部分文字。

宿松青年学生应走的路

当革命思潮涌进宿松的时候,宿松劳动大众显然地负担起阶级的历史的伟大的任务。四五年来而呻吟而仇恨而奋斗而斗争而流血而牺牲,由西北而东南浩浩荡荡,猛进雄飞,革命的风云弥漫。整个宿松被劳动大众的热血所染红,统治者的魔手在颤抖了,果然真有获得最后的光荣的胜利,但宿松工农大众的手深深地划下了永不磨灭的历史的血痕。

……

我们虽然没有把已经腐朽的统治者的壁垒摧毁,没有把动脉逐渐硬化的统治者躯壳送入坟墓,把劳动者的链锁砸烂,把时代的车轮推到尽头,但是宿松工农斗争的历史里我们写了光荣的一页。

过去的一切自有他过去的遗痕,我不赘述。所要讲的是现在,沉默的现在,死寂的现在,烟雾弥漫的现在,是回首不堪而亦无岸的现在,宿松青年哪里去的现在。……只想将她献给我的同学们——革命的青年学生——同我出入生死关头的青年学生细心一阅。

……

"九一八"与"一·二八"事变的结果是东北四省脱离了中国的版图,数千万人民做了日帝的奴隶,深深地染着华北劳苦大众的鲜血与中国民族的耻辱的旗帜眉飞色舞地飘摇在(伪)满洲国的天空,沈阳城楼上日阀们正向着关内版图发着血腥的狞笑,久垂涎于西藏西康的英帝国主义最近又大肆经营,极谋势力范围的巩固与扩大。……美国在华的经济势力一天天的巩固与扩大,可中国有的领土权一天天地动摇与减少。多一分金圆,即少一分领土,扬子江一带劳动大众的血与中华民族的耻辱已一点点地染上了美国的金圆。被一群饿虎环视着的小羊,其生命前途只有死灭,被陷入了经济恐慌的深坑的国际帝国主义鹰隼着的中国,其前途是大众奴隶的前途,是领土殖民地化的前途,是共管瓜分的前途。而中国所谓领土的掌握者,人民的居上位者,一面高唱"长期抵抗""攘外必先安内"的武断民族宣传,转移民众反帝的视角;一面解散抗日义勇军,封闭反帝机关,镇压反帝运动,屠杀反帝群众,处心积虑必得消灭向前发展的革命的民族战争,卖媚于帝国主义而后安心。我们可以了解,使中国沦于悲惨的结果的是中国现统治下必然的可惨的归宿,而不是历史所注定的中国的命运。站在先进阶级方面的战士们应当不折不挠地扫除中国前途上一切荆棘,担负起历史的使命,争取非殖民地前途的中华。

……

亲爱的同学们! 当我们开始感到人生是有意义的时候,我便染上了十月的红色,而且深印在永不可灭的人生的来路。红色的人生的来路是伟大光荣的。过去我们认识了真的实在是未来的事,未来的实在是建立在革命的阶级的流血的斗争的基础上的。……同学们千万不要做反面的嘲笑，无弹的炮声与空中的呐喊，对我们是没有意义的而且是不必要的。前线上退归的我，实有他痛苦的隐衷，纵有时露幻灭的悲哀与悲哀的泪，但流泪之后就是热血的奔腾，我的血和我的泪涌得无可奈何的时候，我只有将它溶解于斗争的回忆和梦里的凯歌。我没把握来整理与培植这千糟万乱的宿松革命的园地，我不忍把宿松劳动大众领导到必败的前途，纵欲另辟一块荒土而又无净土而且孤立无援。在这种怎么办的叹声中，决定了暂时的告退。……我的退是我人生的征途迂回的表现，是我对真理的信心，试金的钢石；我的退会使我对社会的性质有更深的认识，使我对生活实况有更多的体验；我的退是目前行动的问题，而不是根深蒂固的意识的问题，我要使我的退成为不可解的将来的成功。……我放心，同学们也不要为我叹息与担忧。我的血是热的，我的立场是坚定的，我的已往的回忆是光荣的，我的未来的灯塔是光明的。

……你们千万不要幻想在历史的回流中建立你们的生命，千万不要害怕流亡者前途寂寥与虚空。不要悲观，不能徘徊，更不能走入歧路。只有如此，才能够赶上时代的潮头，才能够接近真实的人生，才能够到达光荣的前途。

杨学源
一九三三年十一月

我的一九三三年

……

正当一九三三年第一天转上历史的车轮的时候,在统治者的通缉中,稽查的密探中,造谣者的恫吓中,亲友的咒骂与仇视中的我,站在所谓"愚蠢之群""乌合之众"的队伍里,注意着提防着加紧着技术的准备,坚定的自信,丝毫不感到动摇。在露天,在夜里,在丛林中,在茅舍中,生活着、工作着、活动着。

……

捕捉王家墩王老八这一次行动的结果,使我们和农民们中间划了一条最深远的而不可填补的裂痕,而我们的组织也就要遭受到不堪设想的命运。

官吏们,密探们,绅士们,富农地主们,一切统治者的走狗们,全部紧张起来,实行向我们猛烈地进攻。乡的机关破裂了,两个同志在法场上被执行了枪决。有组织的地方整个地陷入了恐慌的旋涡。

……

斗争的结果,使我们愈来愈远了,使我们更加背驰了。……从此啊! 一年半来农村工作的我及几个政治意见一致的同志,开始了异地的流亡。

一轮红日从东方直升出来,清晰的天空,新鲜的空气,碧绿的山林,清幽的鸟语,美妙的自然,浸浴在太阳温柔的怀抱中。一个丛林的荒径上人们可以看见几个形似小贩的汉子,迈步前进着,那就是离故乡异地而做长途之流亡的我们。经过了人们惊奇的注视与侦探严厉的盘诘,终于偷过了危险的紧张戒严的境地。……四十里跋涉的疲惫,不得不做短暂的休息,在一棵孤独的苍老的古松下,我们兴奋地唱了一曲《国际歌》。

何处是我们的去路?今晚归宿在谁家?在我们脑际里顿时起了这样伤感的疑问。我们是学生,是异乡人,是流亡者,但我们是具劳动者一样的心肠。劳动者、贫穷人,土地剥夺你们的血汗,但你们的血汗都紧锁在富豪们的仓库里。是疯语,是真理,是仇视,是同情——举起那粗大的拳头来表示吧!万不要用暗箭来伤害我们。

夕阳西下,宿鸟归林,农夫荷锄西去,牧童在牛背上唱着晚歌,一切在暮烟笼罩中消逝了,只剩下几个异乡流亡人,孤寂地蹒跚地投奔那遥远的灯火点点的地方。

……

一日复一日,长亭又短亭,真不知过去了几多原野与山头。

……而"严防××"的标语在检查行人中实际地执行了。这样一来,使我们在行动上感受着莫大的困难,加紧技术的准备与注意,成为非常重大的必要,我们相互间的社会关系、籍贯、职业、来路去所,在这种严重的客观环境中实际地紧密地确实了。因此也就很安全地渡过了许多危险的关头。

......

狂风吹冷了大地,暴雨湿透了游子之衣,在这种极其苦痛的袭击中,而我们还在山间迷失了路途。苇芦荆刺与丛薮密布着蔓延着,泥水向脚儿急冲着,悬岩左右耸立着,烟雾弥漫中又不见来时的路途,这种自然的环境的刺激更坚定了只有前进是生路的自信,艰苦地挣扎着苦斗着,终于到达山巅。狂风尽管吹吧,暴雨尽管下吧!让你们尽量去布置啊!流亡者总有一天要发现康庄的大道。

......

光华灿烂的世界啊!自由之邦啊!遥远的地方啊!我们的目的地啊!流亡人是没有办法投入你的怀抱,愿你们健康,你们安全,你们像太阳一样永久存在。只要我们生活之流不干涸,我们是不停止,不放松为新世界新社会的战斗与追求。

当时代的车轮转到了一九三三年冬天的时候,我的时间大部分消磨在浔阳的街头巷尾中,读书与写作占了生活的中心。我开始写这篇东西的时候,是一个天气晴朗的早晨,是一九三三年的最后一天。

过去的一九三三年,留不住啊!愿你看着我的背影走向自由的乐园。

杨学源

一九三三年十二月三十一日

●17

1934年初的一个早晨,杨学源打开出租屋低矮的窗户,大雪一夜之间铺满了浔阳的大街小巷,街上的店铺里摆满了大红的灯笼、春联,人们纷纷从菜市拎着鱼、肉回家,春节即将来临。

流浪中的杨学源一想到万家团圆的年,思家的愿望就越来越强。他不由自主地来到江边,登上一条小木船过江,偷偷潜回了碧溪嘴的家。

杨学源在家里过了一个温暖的年,疲惫消瘦的身体也渐渐得到恢复。他利用过年的时间,与杨恩来秘密联系,要求继续做好湖区地下组织工作,指示在新安岭一带发展组织,因为新安岭那边形势比湖区稍好。

家里肯定是不宜长时间待,大年一过,正月初四,正好太湖一位姓洪的党员秘密来到杨学源家,邀请杨学源一道,到江西继续革命工作。杨学源随即动身,一双胶鞋,一本书,除此别无他物。他俩一起,坐船到洲上,走王家营过江,到彭泽县去了。

他走后,新安岭很快就成立了党支部。这个支部的主要任务是搜集敌人的情报,直接与杨学源秘密联系。

杨学源到彭泽县先找到田丰。田丰是宿松坝头人,他在江西彭泽以教书为掩护,开展革命活动,参加了彭泽游击队。

田丰热情接待了杨学源,并留宿,同杨学源彻夜长谈,将彭泽游击队的情况一五一十地告诉了杨学源。

可是,几天后,杨学源就听说田丰被敌人逮捕了,因为篆刻图章和书写标语。几天后,在彭泽县城,敌人就将田丰残忍杀害了。

彭泽县城的形势也不容乐观,并不安全。杨学源决定离开县城,去山里寻找游击队。他需要战斗。

那天,他穿着长衫,戴一顶礼帽,刚走到大街上,就发现被两个可疑人员跟踪。他稍作镇定,加快脚步往城门赶,却望见前面的城门口也有士兵,正在对出城的人逐一盘问检查。他感觉情况不妙。当走到一个弄口,他机智地转进弄里。正好弄里有一个农民上茅厕,他又迅速闪进茅厕。在茅厕里他跟那个农民嘀咕了几句,就迅速换下了那个农民的衣服。当他戴着一顶破草帽,低头挑着一担臭烘烘的大粪出来时,正好和那两个跟踪人员迎面而过。然后,他大摇大摆地挑着一担大粪,走出城门,机智地离开了彭泽县城。

杨学源离开彭泽县城,径直去往山里。按照田丰提供的线索,他很快找到了游击队,成为彭泽县游击队的一员。

彭泽县一带山区是赣东北革命根据地的游击区,经历过国民党多次"围剿",斗争残酷。为守卫赣东北革命根据地,更好地打击敌人的"围剿",4月,中共闽浙赣省委决定在原彭泽游击队的基础上,组建红十军游击大队,在根据地外围打游击战,以策应红十军的运动,武装打击国民党的进攻。

杨学源被中共闽浙赣省委任命为红十军游击大队司令员。

他率领红十军游击大队,穿梭于赣东北的莽莽大山,和敌人周旋,神出鬼没地打击敌人。

11月,江西红军主力长征后,杨学源奉命率领游击大队在彭泽磨鹰嘴一带留守,继续坚持斗争。

一天上午,游击队在郭家桥刚吃完早饭,就与国民党自卫团汪木初部遭遇,发生激战。杨学源迅速组织游击队主力转移,自己带领一个分队留下掩护。他们迅速占据有利地形,伏倒在河湾的土埂下面,展开阻击。战斗一直打到下午,游击队主力已安全转移。杨学源准备坚持到天黑的时候,借助夜色顺利撤退到后面不远的山林去。

下午,自卫团援兵赶到,从游击队侧翼秘密包抄。游击队弹药不充足,顶不过,杨学源决定提前撤出战斗,逐渐向后面的山林撤退。撤进山林后,杨学源才发现,这片山林已经被大批敌人包围。游击队只好依托山林阻击敌人,等待天黑转移。

敌人见进攻受阻,就决定放火烧山。冬天的大山积满厚厚的落叶,一时间,只见山上浓烟升腾,火光冲天,树木被烧得噼里啪啦响。杨学源迅速组织大家突围,他一个人留下,独守阵地阻击敌人,掩护游击队员突围转移。

突然,杨学源被两颗子弹同时击中,其中一颗穿过了他的心脏。他身子猛地晃了两下,然后倒地。

杨学源艰难地靠在一棵树下,鲜红的血一点一滴地渗进土地。他朝家乡宿松湖区的方向,艰难地望了望。眼前,一棵红色的山茶花,在他的视线里渐渐放大,渐渐开成一面血红的旗帜,然后渐渐模糊……

他闭上疲惫的双眼,停止了呼吸。

此时他刚满二十三岁。

●18

1934 年的春末夏初,湖区草长莺飞,岸上,绿油油的麦苗长势喜人。

家住许家岭下岭头许家大屋的地下党员许卓哉,吃过早饭,像往常一样,走门前的大塘坝,往许家岭街上去。走到岭上的一片麦地边,几个来路不明的便衣突然蹿出麦地,将他按倒,然后五花大绑,将他带走。

许卓哉感到纳闷,这些来抓他的人中,大部分都是讲外地话。

不久,地下党员杨恩来、杨达金、石叙贞、石怀青、肖三保、肖吉安、肖菊开、肖明中等,也纷纷被捕。

整个湖区党组织受到如此突如其来的打击,詹大金深感震惊:"这是哪一部分敌人,怎么说外地话?"这一定是哪里出了问题:"是不是有人叛变了革命?"

很快,詹大金得到消息,来宿松抓捕地下党的,是来自九江的国民党特务队。

原来,曾经担任宿松游击队队长的祝仲山,也就是当时在会上反对镇压程家岭恶霸石新元的那个祝矮子祝鼎新,在中共蕲宿太彭工委分散转移后,在江西浮梁县被党组织开除。他便潜往九江,投敌叛变,供出了宿松地下党组织,并亲自带领九江的国民党特务队,来宿松抓捕共产党地下党员。

　　这一批被捕的地下党员,经过彭泽押往九江,后又解到南昌,关在南昌监狱,不久便被反动派杀害。

　　湖区党组织受到重大打击,但詹大金不妥协。他决定狠狠打击反动派,鼓舞革命斗志,稳定党员情绪,继续开展轰轰烈烈的革命活动。

　　5月,詹大金在程家岭杨辛畈主持召开中共宿松特别区委会议,决定广泛发动群众,开展减租减息和夺取政权的斗争。"小莫斯科"黄梅县的党组织了解到宿松湖区的形势,也派老柳前来参加会议。

　　第二天一早,许家岭街上、乡下到处都是革命传单、标语,传单、标语落款为"苏维埃宿太特区"。

　　许家岭商团和警察局看到后,异常紧张。他们说:"那一批共党分子不是抓的抓、跑的跑了吗? 怎么又来了?"

　　原来,这是会后当天夜里,老柳派党员张大刚连夜赶往许家岭张贴的。

　　地下党员杨明忠没有暴露,他主动承担宿松地下党组织的领导重任,发起募捐,照顾被捕人员的家属,并在许家岭街上开办一家"民生旅社",以此为掩护,作为党的地下交通站。

不久,杨宪变节,在安庆的省"反省院"交代了党的组织活动。严仲怀、詹大金等人的行动被国民党暗探发现。9月,沈佐权、沈佐章、詹大金、严仲怀等,先后遭到国民党宿松自卫队逮捕,被押往安庆,关在安徽省"反省院"。

国民党县政府疯狂镇压湖区、山区革命力量,在全县范围内大肆搜捕革命者,同时修筑堡垒,到年底,共修了一百多座碉堡。湖区党组织遭到极大的破坏。湖区革命再次陷入低潮。

但是,火种没有熄灭。翻过年,中共皖赣特委就派遣江南至德县青山乡苏维埃主席石有治回到老家许家岭矮脚峦,开展革命活动。石有治在许家岭一带秘密发展党员,先后发展徐凤祥、石云河、石阳春等十余人入党,建立党支部,石有治任书记。同时,建立秘密苏维埃,石阳春任主席。

第六章 抗战，抗战

● 19

詹大金和严仲怀在安徽省"反省院"里，每日机械地写着所谓的"反省"，但他们始终没有暴露组织和任何一个党员，只是承认自己是共产党员。

詹大金小时候的私塾老师石锡康，听说詹大金关在安庆，就几次前往安庆，通过各种渠道疏通关系，希望能够将詹大金从牢里"捞"出来。因为詹大金家里上有老下有小，全靠他一人养活。可是一直没能如愿。

西安事变爆发，国内形势发生逆转。1937年春天，詹大金终于被保释出狱。

詹大金走出"反省院"的大门，望着车水马龙的安庆大街，感觉天特别亮，但脚下感觉很飘。他在"反省院"关了整整两年半。

出狱后,詹大金随他弟弟在凉亭河街上开一家小药店,当流医。詹大金利用行医,秘密寻找党的组织。

一天,他在贺保长家给贺保长老婆看病,把脉的时候,他看见桌子上有一张包过古巴糖的报纸。报纸上几个醒目的大字"华北告急!"吸引了他。看过病,他在桌子边上坐下来,向贺保长说:"喝点茶。"然后顺手拿起报纸,看了看,才发现国内形势发生了急剧变化,日本人正加紧向我国华北扩张,国内"联合抗日,一致对外"的舆论呼声不断。

詹大金异常激动,喝了一口茶,起身就走。

贺保长在后面喊:"要不要捡药喔?"

詹大金丢下一句:"没事,不用了!"

7月7日,日本人在北平附近的卢沟桥挑起事端。日本借机发动全面侵华战争,抗日战争全面爆发,国民党和共产党开展第二次合作。不久,国民党同意将中国工农红军改编为国民革命军第八路军,由朱德和彭德怀分别担任正、副总指挥,并承认陕甘宁边区政府。南方八省的红军和游击队正式改编为国民革命军新编第四军,叶挺任军长,项英任政委兼副军长。全国形成抗日民族统一战线。

形势的发展让詹大金心潮澎湃。下半年的一天,党组织派人来凉亭河找到詹大金,通知他,说党组织派遣他和杨达金、沈泽洁一起,前往皖南祁门县陈坑山里去学习。

这期间,严仲怀等一批被关在安徽省"反省院"的中共党员,也已先后被释放。

严仲怀在出狱前同样被要求写下保证，不得再在家乡从事农民革命活动。严仲怀拿起笔，照写不误，但心里想：丁是丁，卯是卯。

严仲怀回家小住了一段时间，在家里，与妻儿、与父母团聚，度过了一段温暖而又安逸的日子。但他怀着坚定的革命意志，决心离家，共赴国难，投身抗日洪流。——他决定去延安，因为那里有他毕生理想的所在，是他心向往的地方。

很快，他就打点行装，奔赴延安。

在去延安的途中，他赋诗明志：

长途跋涉喜从军，
一片丹心报国忱。
寄语强梁诸盗寇，
龙泉今日斩何人？

辗转半个月，严仲怀到达了延安。他看到了大好的革命形势，信心倍增。不久，中共中央组织安排他参加在延安举行的抗日救亡工作集中训练。他本想到延安后，在党的指导下，奔赴华北抗日前线，去杀敌。训练结束后，组织上派他回到家乡，从事家乡的抗日救亡工作。

詹大金在皖南祁门县学习结束后回到程家岭，已是农历年底。过年后，上面开始抗日宣传动员工作，安徽省民众总动员委员会在六安成立。紧接着，宿松县民众总动员委员会在县城成立,聘请了宿松各界知名人士陈醉六、张大猷等四十余人为成员,其中有一大部分是共产党员骨干。

正月一过,詹大金就离开家,以游馆做掩护,开展革命活动,在金塘、下仓埠、九成沿湖一带,发动群众,宣传抗日,同时组织湖区抗日武装。他先后吸收了杨昌盛、杨永清、杨金水、杨行舟、杨海龙、杨作张、石墨华、石介芝、方质中等十七八人,正式成立泊湖地区人民自卫队。

泊湖地区人民自卫队成立后,他们通过各种途径,从金塘、许家岭、朗岭、程家岭、洪家岭等地的一些工商户中搞到了十支长枪、两支土枪,还有大刀、长矛等武器。

詹大金成立抗日武装泊湖地区人民自卫队,在湖区迅速传开,几乎每天都有人自带行李来找詹大金,要求加入自卫队,参加抗日武装运动。不久,自卫队很快发展到三十余人,他们在太湖、宿松、望江三县之间的泊湖、黄湖一带,开展武装游击活动。

不久,叶光欧受组织派遣,也回到湖区,开展党的组织工作。

●20

1937 年 12 月 13 日,国民政府首都南京被日军攻陷。长江成为日军快速向西进犯的重要水道。

12 月 20 日一早,小孤山下面马垱口江面上突然集结了大批舰船，江堤上站满了人。国民政府要在马垱一带沉船堵塞长江航道，以阻挡日军的军舰溯江而上进犯武汉。

马垱这个地方江面狭窄，两岸山势险要，易守难攻，历来为兵家必争之地，传说《水浒传》中的阮氏兄弟便是在这里"打渔杀家"的。马垱要塞成为长江中游的咽喉之地，是武汉外围最重要的关卡。

国民政府征集上海招商局"江裕""新丰""永胜"等商船和安庆等地趸船，还有海军第一舰队的"自强""醒狮"等舰船，全部炸沉沉入江底。同时，陆续征集大批民船，船上装满厚重的青石块和水泥墩，用碗口粗的麻绳将各种铁船、木船拴在一起，然后将船底凿穿，依次沉下。

为了彻底封锁江面，国民政府又组织人员向江里抛下大量的石块，布设大量水雷，在岸上修筑防御工事，建造炮台。一个多月来，天天如此。日军大肚子飞机在长江上空飞来飞去，膏药旗清晰可见，一来了就朝下面疯狂扫射，扔下炸弹轰炸。军队和民工每天冒着日军飞机的轰炸和扫射，他们先后炸沉舰船三十七艘，凿沉大小铁船、木船一千多只，在马垱矶江上筑成了一道连接两岸拦河坝式的阻塞线；阻塞线周围，设有人工暗礁三十处，布设了三道水雷防线，共一千七百多枚水雷；马垱矶依次建有三级炮台和碉堡，封锁江面，使马垱要塞成为阻止日军西进武汉的天险。

1938 年 6 月 12 日，安庆沦陷。17 日，日军波田支队前锋就沿长江西进到了马垱，日本海军军舰连续用舰炮轰击水上布雷区和沿岸防御工事,试探虚实。马垱守军奋起还击,向日军军舰发起炮击。

驻扎在彭泽的第十六军军长兼马垱、湖口要塞区司令李韫珩高兴地说:"马垱江防固若金汤,小鬼子光是排水雷,也得要一年半载,再说两岸都有高射炮,想要越过这里到武汉去,别说是门了,就连窗户都没有!"

但就在这大敌当前的时候,李韫珩于6月23日下午通知第二天上午举行他的军政训练班结业典礼,要求各部队主官都来参加,会后还要举行会餐。

这一消息很快被日军侦察人员获悉,日军利用这一时机,6月24日凌晨4时发动进攻。由于第十六军各部主官都去开会,失去指挥,日军波田支队很快从马垱下游南岸的新沟登陆,占领香山,然后从岸上迅速向马垱江防要塞进攻。马垱守军一个中队激烈抵抗,等待十六军从彭泽前来增援的部队。前往增援的一六七师害怕日军,不敢走大路,而绕道走山区小路,深一脚浅一脚赶往马垱。他们中途迷了路,贻误了战机,只二三十里路,守军等了两天都迟迟没到。日军见中国守军顽强抵抗,十多次突击都没得逞,26日拂晓,就摸到中国军队阵地前,毫无人性地使用国际禁止性武器,施放毒气弹,然后冲上阵地,将毒倒的中国守军任意砍杀。守军一个中队全部阵亡,壮烈牺牲。马垱天险落入敌手。

蒋介石在武汉闻讯大发雷霆。他深知,马垱失守等于长江门户大开,直接威胁武汉安全。因此,他下令十六军全力反攻,收复马垱要塞。只是,在中国军队手中没能有效发挥作用的马垱工事,却成了鬼子手中坚强的盾牌。十六军连续反击十几次,大批勇士血洒战场,却一直没有撼动马垱要塞。

29日一早,马垱江面上炮声震天,日军用爆破队打开江上封锁线,疏通长江航道,随后用扫雷艇清扫水雷。波田支队迅速沿江继续西进,当天就占领了彭泽县城。

当天,波田支队又派三泽部,在彭泽县警察大队大队长、宿松詹家峦人吴文清的配合下,分三路向宿松洲区进兵。

此时正是长江涨水的季节。日军到达詹家峦时,为防止洲区至沿湖一带的抵抗力量,突然将长江江堤炸塌。一时,滔滔江水喷涌而下,詹家峦至湖边一带大水漫漶,村庄、庄稼被冲毁,老百姓拖儿带女,纷纷逃亡,一路哀号,哭声漫天。日军在复兴洲地一路向前推进,一路上杀人放火、强奸妇女、抢劫财物。

洲区老百姓骂吴文清:"这个'绝都'的东西,不得好死!"

日军一路上长驱直入,几乎没有遇上什么抵抗,遂选择在六号村驻扎。他们到六号后,第一件事就是占房屋,第二件事就是要粮,六号老百姓的家禽家畜被抢光了。老百姓纷纷逃离村子。石中根家一头猪养得肥肥的,舍不得被鬼子抢走,自己就牵着肥猪逃走。肥猪一路上"哼哼唧唧"走不动路,他刚走到菜园地,就被鬼子发现,鬼子当场用刺刀将石中根刺死。

此后,鬼子在洲区至沿湖一带,每天背着贴有小膏药旗的长枪,日夜"扫荡",频繁侵扰、洗劫村庄,稍遇不顺就放火烧房子。鬼子到坝头时,在街上开店做生意的夏祥和来不及逃走,躲在杨子玲家水缸旁边角落里,被鬼子发现,鬼子把他按在水缸上,将他的头砍断,现场惨不忍睹。鬼子到大兴时,有四十多个来不及逃走的人被抓,其中从十几岁到六十多岁的女人全被强奸。丁竹山是男的,鬼子听不懂他的话,就将他的舌头用刺刀割掉。

这时候,日军沿江江北部队第六师团坂井支队,占领太湖刚进犯到宿松,就在凉亭河一带遇到国民党军的强烈抵抗。当地群众密切配合国民党军,在烽火山展开阻击。战斗异常惨烈,摧毁了日军主力今村支队。但终因力量悬殊,五百余将士在烽火山壮烈牺牲,只有几名士兵,幸运躲进山下的村庄。日军突破宿松防线,占领宿松县城,一路向西,虽遇抵抗,但仍然直逼武汉。

控制了宿松洲区的日军,驻扎下来后,就大兴土木,构筑工事,对洲区实行法西斯统治,加紧招降纳叛,利用汉奸、土匪,组建维持会,筹建伪政府和伪军,充当他们的走狗。他们在洲区各地插起膏药旗,在墙壁上刷上"强化治安""建设王道乐土""建立大东亚共荣圈"等宣传标语。

但是,宿松县民众总动员委员会和共产党员骨干,在洲区开展秘密活动,联络进步群众,组织瞭望哨,暗中窥视敌情,一有发现日军行动,就相互传讯,疏散群众。

日本兵在洲区站稳脚跟后,就有目的地向西北方向越过竹墩长河,侵袭千岭、毛坝沿湖一带的村子。

驻彭泽县的日本驻军开始紧锣密鼓在彭泽建兵工厂,制造枪支弹药,补给前线。建兵工厂有两种物资非常紧俏,一是造子弹底座或外壳要用的黄铜,二是供照明等用的皮油。黄铜的主要来源就是铜钞,一个铜板可造四个子弹底火座。皮油主要靠山里木梓树籽和松油熬制而成,可做蜡烛。他们通过洲区的驻军,企图打通后山至山里的通道,获取木梓树籽、松油等物资。洲区驻军准备走竹墩长河沿千岭湖边建立一条水上交通运输线,通到毛坝湖边码头,来往货物都走这个码头上下。

8月19日晌午时分,毛坝的湖边村子里突然有人喊"花船"。村里好多人就跑去看,只见那"花船"在河道上飞快地跑着,铁外壳,冒着烟,船尾上还插着膏药旗,跟平时见到的渔船大不一样。人们感到好奇,走近一看,才发现船上有两个日本兵,手里还拿着枪。大家一下子都慌了,不知所措,撒腿就跑。男人们跑得快,女人和小孩跑不动,跑了一阵子就都躲到一个稻田里,不敢吭声。

两个日本兵本来想下来问话,见村人都跑,没抓到一个人,就在湖边四处游荡。突然,一个刚出生没几个月的小孩"哇"的一声哭了起来。哭声引起了日本兵的注意,日本兵就循声朝这边走过来。看情况不妙,一位刚过门不久的小媳妇王氏,为了转移日本人的视线,就从谷田里走了出去。有人赶紧拽她的衣服,没拽住。王氏还不到二十岁,年轻漂亮,两日本兵看了就追上去。王氏赶紧往大家藏身的相反方向跑。可是,王氏缠足的小脚跑不动,跑到陈家嘴,两日本兵就追上来了,嘴里不停地喊叫"花姑娘、花姑娘"。为了保全自己的清白,王氏一跃跳进了旁边的湖里。鬼子在岸上"哇里哇里"直叫,然后朝水里"砰、砰"开了两枪,顿时水里翻起一股血水……

但是,洲区的日军驻军人数不到百人,他们往北边还不敢随便进犯湖区,因为北边过湖区就有詹大金的武装——泊湖地区人民自卫队。一有大的军事行动,日军就依靠彭泽驻军。

这时候的詹大金,正在加紧壮大湖区武装力量,并谋求与沿江一带的抗日武装力量和附近新四军的合作,展开对洲区日军的斗争。

●21

严仲怀从延安回到家乡后,被安排在宿松县民众总动员委员会情报股,任情报总干事。

宿松县民众总动员委员会指导员孙益坚、情报总干事严仲怀、交通员杨恩来等,都是共产党员。1938年12月,他们以动员委员会的名义,秘密开展党的组织活动,成立"抗日民族先锋队",以此恢复党的工作,逐渐形成了动委会的领导核心,秘密成立了党的支部。

一天，严仲怀在县城动委会驻地接到秘密交通员的通知，叫他晚上到许家岭横塘角学校参加秘密聚会，研究进一步恢复和发展党的组织，动员民众抗日。

这天天气寒冷，吃过晚饭，天已擦黑，人们陆续关门闭户，严仲怀启程连夜赶往许家岭。赶到许家岭的时候，夜已深了。他摸到横塘角，朝横塘角学校望了望，发现校门口那棵樟树上挂着一盏提灯，就知道是安全的。因为他们事先约定，以门前树上亮灯为信号。

这天晚上，他们讨论了洲区沦陷区的状况，研究了对日斗争的策略。

有人说："洲区那个伪维持会的会长吴啸云，这个人坏得很，为日本人干事一身是劲，狐假虎威，横行乡里，鱼肉百姓。"

严仲怀说："好，我们就敲打一下这个伪维持会长，给日本人干事的，就给点颜色。"

会议一致同意，决定捉拿吴啸云，加以惩戒。

会后不几天，严仲怀与孙纪正一起，乔装打扮，进入洲区日占区，找到吴啸云的住所。

晚上八点多钟，远近人家陆陆续续熄灯睡觉了，吴啸云家还亮着灯。严仲怀和孙纪正"咚咚咚"将吴家大门敲了三下。

"谁呀？"吴啸云老婆的声音。

严仲怀答复："我是严老三，找吴会长谈棉花的事。"

吴啸云一听是谈皮棉的事情,就招呼老婆开门。因为前几天日本人给他布置任务,以各保甲为单位,向老百姓征收新棉。

严仲怀和孙纪正一进门就顺手把门关上,掏出手枪:"我们是动委会的,跟我们走吧!"

"你们要干什么? 有事好说,有事好说。"吴啸云顿时紧张起来。

孙纪正说:"你为什么要给日本人干事? 这是汉奸行为!"

吴啸云说:"我也是没办法啊,他们找我。"

严仲怀说:"走! 不要啰唆。"

他们连夜就将吴啸云带到后湖边,登上事先安排好的小木船,扯起风帆,走乌汉上岸,回到许家岭。

他们将吴啸云关了一天一夜,加以惩戒,直到吴啸云表示不再帮日本人真干事,不再仗势欺负老百姓。

这件事在洲区产生了不小的影响,知道吴啸云是因为帮日本人干事被抓走的,使得有汉奸倾向的人不敢随便为日军服务。

这时候,恰逢国民党在重庆召开五届五中全会,"溶共、防共、限共、反共"政策传达到国民党宿松县党部。国民党县党部负责人杨淇知道孙纪正和严仲怀他们秘密捉拿、惩戒伪维持会长吴啸云这件事后,对孙益坚和严仲怀等人起了怀疑,遂暗中盯梢孙益坚和严仲怀的一举一动。

一天,孙益坚和严仲怀等人到澡堂洗澡,杨淇趁机查看他们的衣服口袋,发现有一份"抗日民族先锋队"表册,知道里面全是共产党的人,在搞独立活动。杨淇来不及一一察看名单,就放还他们的衣服口袋。回去后,杨淇随即将此事密报国民党安徽省党部。不久,国民党安徽省当局发出通缉令,令第一行政督察公署专员张威遄逮捕孙益坚等人。

第一行政督察公署设在太湖县,这一消息被中共太湖中心县委书记孙毅得知。孙毅立即暗中派交通员告知孙益坚,通知他们迅速离开。孙益坚在动委会干部罗宗柏的掩护下,离开宿松,转到皖东工作。严仲怀、杨恩来得到消息,趁夜深人静就越墙逃走了,跑到黄梅县。坝头、许家岭动委会指导员田少春、方质中等人先后被国民党当局逮捕。宿松县动委会成了国民党一手操纵的工具,很快就失去了号召力,没有什么动员活动,销声匿迹了。

严仲怀在黄梅县暗中打听到,新四军有一支便衣队,在鄂皖边区一带活动。他就跑到黄梅下新和宿松佐坝交界处一带寻找,找到了这支新四军便衣队。这支新四军便衣队共有六十多人,受中共蕲黄广中心县委领导。严仲怀加入了便衣队,随便衣队活动在黄梅下新至宿松佐坝、洪岭一带地区。不久,严仲怀被提任便衣队队长。

严仲怀继续带领新四军便衣队,在黄宿边区的龙湖沿湖地区活动,与洲区的日本驻军形成对峙。同时,与詹大金的泊湖地区武装力量形成南北呼应。

●22

　1939年的春节到了,望江县城和江边华阳古镇的人们,
正准备过一个平安年。除夕下午,家家户户开始贴春联,到
祖坟山辞岁祭祖。忽然,大批日军从彭泽过江,在华阳河口
登陆,浩浩荡荡开进没有设防的华阳镇,兵锋直指十五里外
的望江县城。望江县长徐惟一紧急部署部队守城,疏导市民
出城向后山地区转移。

　初一日清晨,天降大雨,停泊在华阳河口江上的两艘日
军军舰,一齐向望江县城开炮,城内顿时硝烟弥漫。日军一
二〇联队两千余人呼啸而来,从三面攻打望江县城。徐惟一
率领县常备队,配合国民党桂系一七六师一〇五六团二营营
长彭伍指挥的部队,在城外奋勇迎击。

　年近五十的徐惟一,是老同盟会会员,望江县徐家滩人,
日军占领安庆时临危受命,出任望江县长。他手持短枪,身
先士卒。他鼓励大家说:"我望江县,城虽小,实坚固,可谓固
若金汤。明末张献忠、左良玉均号称十万大军,先后围我城
池,数日不得破,狼狈退走。今倭寇其势虽凶,然只要我军民
人等众志成城,誓死保我家园,定能将其击退!"汗水、血水、
雨水染遍了徐惟一的全身,守城部队见此,士气高涨。

　徐惟一亲自指定,在东门城外的奎文塔上架上两挺机
枪,居高临下,对来犯的鬼子猛烈扫射。这对鬼子造成了很

大的杀伤,激战一昼夜,鬼子不能得逞。

初二日拂晓,敌军改分四路进攻,并动用三架飞机轰炸。日军攻势如潮,守军四面受敌。因敌众我寡,不久南门失守,形势十分危急。徐惟一被迫下令撤退。他指挥一部分部队保护尚未出城的居民转移,自己走在最后面。

最后一刻,他悲痛欲绝,当街跪倒,头仰于天,声泪俱下:"生长于斯,且负守土之责,目睹城破家亡,死且有愧,有何颜面再见父老乡亲和上峰!"说罢欲拔枪自杀,幸好被部属奋力抱住,挟出城外。

望江县城及江北沿岸乡镇悉数被日军占据。

县长徐惟一率部退到离县城六十里的长岭埠后,很快恢复了县政府机构,加强了抗日动员和组织工作,并将望江全县的行政组织重新做了规划,准备打回去,收复县城。

不久,国民党桂系一七六师五二六团在团长莫敌率领下,集结于长岭埠。国军加上常备队,长岭埠兵力达到两千人,而此时县城留守日军只有两百人。徐惟一认为时机已经成熟,经过与莫敌团长等人的一番筹划,决定反攻县城。

中秋节的夜晚,月明星稀,虫声唧唧,徐惟一和莫敌团长共率千人悄悄向县城突进。先遣队随带爬城工具,潜入莲池门,砍开城门,两个连迅即开进县城。城门交常备大队吴万年部把守,接应后续部队。

吴万年是土匪出身,虽然收编入望江县常备大队,任大队副,但他匪性没改。现在叫他守城门,孰料他吴万年弃城门不守,率部入城抢劫。日军发现后立即封锁四门。入城部队沦为孤军,陷于绝境。后续部队因战前未做任何强攻准备,被迫堵在城外,不得进。城内发生激烈巷战。

日军在钵盂山、查合兴楼上架上机枪猛烈扫射。入城部队因地势不利,边打边撤,有的爬莲池门外撤时中弹牺牲,有的辗转躲进城内青林寺、城隍庙。日军又纵火烧庙,附近商店、居民房屋都成了瓦砾。

城外八百人的大部队,此时束手无策,忍痛听由城内两百多名弟兄一个个战死。

●23

日本人占领彭泽后不久,中共中央东南分局书记项英就派遣周静轩在彭泽县郭家桥一带开展抗日游击活动。周静轩很快在郭家桥建立起一支队伍,取名"赣北独立大队",也称"赣北游击大队",有二十多条枪,其中有几支是土枪。为考虑抗日统一战线,周静轩的独立大队采取"白皮红心"的办法,明里跟国民党挂钩,暗地里搞共产党的。

在彭泽县长江边的辰字号,当地人商群,小时候随父亲从无为县迁来的,1930 年就加入了共产党,他以组织"抗日救国会"为基础,四处寻找国民党军撤退时落下的武器。没有钱,他就把家里房屋和一头水牛卖掉,通过各种渠道收集枪支弹药。很快,商群也组建起一支三十多人的抗日队伍,有三十多支枪，还有五挺机枪、一门迫击炮。这门迫击炮是马垱要塞的守军跟日本鬼子激战时丢弃的。

两支抗日武装互相呼应、配合。

商群曾在袍哥会拜过把子，排行老四，下面人称他"四哥"，外人称他"商老四"。他有一个亲戚叫陶太平，有革命倾向。抗战爆发后，陶太平和吴万年一起，在宿松和望江交界湖区一带，以青帮和土匪为基础，拉起了一支拥有三百余人、三百余条枪的队伍，自称"救国保家军"。但是陶太平的这支武装没有番号，既不受国民党军领导，也不受共产党新四军领导。国民政府望江县长徐惟一做工作，将他们编为望江县常备大队，陶太平任大队长，吴万年任副大队长。徐惟一没给他们多少粮饷供给，只给点政策，任他们筹集。他们不喜欢国民党军队。为防止被国民党军队兼并，吴万年提议投靠新四军，陶太平欣然同意。陶太平就写信同商群联系，表达了这个意思。

商群把自己的队伍拉起来后，本来就想把陶太平的队伍拉到共产党新四军的麾下。这下正好，他立即就派商恩甫到安徽无为县去，与新四军江北游击纵队第四支队联系，叫新四军的正规部队来收编陶太平的队伍。新四军江北游击纵队派桂蓬带一个连，随商恩甫来到宿松和望江交界处的吉水，准备收编陶太平、吴万年的队伍。桂蓬他们在吉水一带逗留了近一个月，谈判，做思想工作。新四军给不了陶太平、吴万年要求的粮草保障，而陶太平，特别是吴万年也适应不了新四军的纪律要求,最后没有收编成功。但这期间,新四军对陶太平晓以民族大义,陶太平受到很大启发。

国民党军一七六师见缝插针,知道吴万年这个人土匪出身,有奶便是娘,很快就抛出诱饵来拉拢吴万年。吴万年考虑自己这个望江县常备大队大队副的行头,虽然在望江地盘上还算可以,但离开望江什么都不是,队伍带出去就算流寇,不如一个国军营长,走到哪里都是爷。吴万年决定率他的亲信原土匪一股人,加入国军桂系一七六师,接受改编。陶太平部所剩无几,不久被改编为望江县常备队二中队。

桂蓬又名黄育贤,收编陶太平的队伍泡汤后,就将商群的武装改编为新四军江北游击纵队第四支队第十八中队,商群任中队长。到腊月,又命十八中队开往无为县,改编为警卫连,商群任副连长。留下米亚洲、丁忠恩、严有富等几名共产党员继续开展地方工作。

1939年春,新四军江北游击纵队司令部又派商群回到沿江一带,组建抗日武装。商群带一个班长和一个通讯员,先回到彭泽辰字号,与米亚洲、丁忠恩、严有富等会合,加起来总共十来个人,他们就把辰字号的武装改为抗敌十人团。

恰逢这时,周静轩的赣北游击大队"白皮红心"被国民党觉察,他们怀疑周静轩的队伍是搞共产党。一天,国民党第三战区派出一支队伍,突然开到郭家桥,直奔赣北游击大队驻地。驻地有十多个游击队员,突然被他们缴了枪。好在周静轩不在,游击大队二十多人住得比较分散。他们随后追捕周静轩和余下的十余人。周静轩得知消息,立即带上余下队员跑到辰字号找到商群。商群的抗敌十人团与周静轩的余部就联合在一起活动。随后,他们又从宿松、望江湖区招来二十余人,从辰字号逐渐向江北、湖区发展。

商群、周静轩带一部分人秘密进入宿松洲区、湖边。他们在小孤山、詹家峦一带建立渡口交通、税务所,在湖区与日占区接合部发动群众,也成立半军事化、半政权组织抗敌十人团。

抗敌十人团首先在詹家峦成立,但遇到的第一个问题就是缺武器。团里只有两条半枪,因为有一条枪没有枪机,最多只能算半条。团员们老是追着周静轩、米济群要枪。

周静轩微笑着说:"枪嘛,倒是有,就看你们有没有胆量!鬼子、汉奸、土匪每天杀人放火,身上背的不就是枪吗?"

米济群也拍拍手里的"湖北条子":"这就是从国民党顽军手里缴来的。"

于是,大家再也不吵着要发枪了,而是留心敌人的一举一动,等待夺枪的机会。

深夜,月亮时隐时现,大地时明时暗,江上一片寂静。突然,从五大棚方向出来三只小船,像箭一样飞向对岸,从船上跳下三个人影,后边的一个拖着一条长枪,蹿进了洲头的一户人家。这鬼鬼祟祟的行动被伏在江边放哨的谢子连和蒯文金看得一清二楚,他们知道是伪军。两人悄悄商量后,决定由谢子连留下盯住敌人,蒯文金回去飞报上级。

蒯文金紧赶慢跑,一溜烟走了五十多里,等他找到了周静轩,已是鸡啼头遍,汗水淋淋。周静轩听了汇报,脑子顿时翻腾起来:这不是十人团与敌人较量的第一个回合吗? 一定要有绝对把握! 于是,他先吩咐蒯文金按原路火速赶回,协助谢子连设法拖住敌人,后命令腰宽膀粗的杨宽甫、胡达泉随后跟进,在今夜十点钟以后动手解决,最后布置丁忠恩带领其他团员天黑后动身,伏在外面听候动静,待机支援。

　　谢子连、蒯文金都是江边人,家离洲区不远,与当地人混得熟。为了稳住敌人,他俩假意喊门,也闯进这户人家 ,拿了一副牌,说要打几盘。那三个家伙本是土匪,如今刚当上伪军,觉得挺不自由,昨晚偷跑出来就是想消遣消遣。如今,见玩牌赌钱,那瘾头便被勾了起来,嬉皮笑脸地坐了下来,吆五喝六地整整玩了一天。

　　天渐渐黑了下来,有个伪军因为疲劳,打着呵欠,担心回去要受小队长责罚,吵着要走。另两个伪军因为赢了钱,满脸通红,嘴上叼着烟,跷着二郎腿,嘴里只是喊着:“老乡,再来一盘!”谢子连、蒯文金也乘机劝说“再来一盘”。那伪军左等右等,等得不耐烦,就拔腿先走了。那两个家伙嘴里却咕哝着:“他走他的,我们玩我们的。”

　　谢、蒯二人心中暗暗着急,几次借口出去,不见接应的人来。其实,杨、胡二人又何尝不急,只是这门口码头,停着一艘鬼子的汽艇,万一有个闪失,岂不前功尽弃? 他俩想等那汽艇开走。直等到深夜十一点钟,那汽艇才“突突突”地响起来,可是走了不到半里地,又停了下来。

　　杨、胡二人决定不再等待,就去推门。门刚推开,那伪军一见有人进来,顺手拔出手枪。说时迟那时快,左边蒯文金,右边谢子连,一个扼住他的颈,一个抓住他的手,那枪就被蒯文金夺到了手里。另一个伪军还没来得及叫喊,早被胡达泉、杨宽甫捆了个结结实实,嘴里塞上了毛巾。一支靠在墙壁的长枪也落到了杨宽甫手里。伏在江边掩护的丁忠恩见他们已经得手,命令他们立即撤走。在夜色的掩护下,十人团回到了自己的秘密落脚点。

　　初战告捷,团员们高兴得手舞足蹈,那乌黑发亮的长、短两支枪,更鼓舞了大家的信心。

　　十人团迅速发展,不到一个月时间,又在沿江的刘牌、二号、史家营等地秘密发展了一百多人。十人团每团不限十人,少则三人,多则十几人二十人不等,因时因地,根据实情,灵活发展。团以下设小组,每组三至五人,团长和小组长均由党员担任。十人团活动十分秘密,吸收团员只限于在贫苦农民中发展。他们在当地人熟地熟,白天生产,晚上活动,神出鬼没,搞情报,跑交通,供给养,打鬼子,惩土匪,捉汉奸,贴标语,筹粮款,护伤员。不久,十人团从沿江发展到沿湖地区,九成畈、洪家岭、许家岭一带也都成立了十人团。

　　但十人团大多没武器,没枪支弹药。

　　恰逢这时候,他们接到上面通知,到太湖去搞武器,先秘密运到湖区,然后转道黄宿边区,送到湖北黄冈地区抗日游击队去。上级党组织通过统战关系,从国民党安徽省第一行政专员、保安司令张节那里买到一批枪支弹药。张节是宿松梅墩畈人,这个人一向同情共产党,只要是抗日,他都支持,为此他的行动多受到上峰的节制。

但要把很多的枪支弹药从太湖运回湖区,不是一件容易的事,一路上要经过国民党层层关卡的检查,运输十分困难。十人团勇敢地接受了这一重大任务。他们由金塘的十人团团长杨庆堂带领,分别化装成卖柴的、挑担的、推车的以及用担架抬病人的等,把购得的枪支弹药,一批一批地运回湖区,然后转送到黄宿边区,交给严仲怀的便衣队,顺利到达黄冈根据地游击队手里,同时也充实了十人团的武装。

詹大金的泊湖地区人民自卫队与抗敌十人团密切配合,互相呼应,使湖区抗日武装与老百姓紧密地联系在一起,在群众中生根开花。

周静轩来到金塘,找到共产党员杨明忠,杨明忠再介绍詹大金与他们联系,共同开辟湖区根据地。他们在金塘成立了中共江南特支,受赣北特委领导,下辖江南、江北两个支部。

但是,杨明忠在介绍詹大金给周静轩的时候,不知道什么原因,背地里又跟周静轩说:"詹大金曾经叛变过党,你要注意他。"

詹大金还蒙在鼓里。

这件事让周静轩心里有一个结,一直不敢放开手脚和詹大金一起干。他们名义上是共同开辟湖区根据地,实际上,不久周静轩又借口带三十余人,到詹家峦、王家营一带去活动,在十人团的基础上成立边江游击分队,由老红军向管昌任分队长,各搞各的。

但詹大金的泊湖地区人民自卫队和边江游击分队,在泊湖、黄湖、江边一带,开展抗日游击活动,还是互相配合。

●24

湖区沿江土匪多,阻碍了抗日根据地的发展,土匪武装必须肃清。

八宝洲横在长江江心,四面环水,和泊湖地区一水之隔,遥遥相对。洲上土地肥沃,粮棉丰富,过往客商多有在那里歇脚生火的。不想在这兵荒马乱的年月,一批地痞流氓、青洪帮和地主豪绅互相勾结,朋比为奸,明枪暗箭,尔虞我诈,形成吴万清、王文直、王大方、大扁担、胡呆子、马玉林、高方举七股土匪在这里扰乱。这七股土匪合起来有四百多条枪,三四百人。他们仗着人多势众,无所顾忌,在这洲上打家劫舍,抢夺民女,掠夺钱财,谋财害命。过往客商多有被他们结果了性命的,许多人家被搞得倾家荡产,扰得洲上鸡犬不宁,老百姓无不恨之入骨,苦在没有人敢碰他们。

为了拯救在苦难中的八宝洲人,扩大共产党的影响,发展抗日根据地,周静轩、商群决定去收服这七股土匪。他们发动群众献计献策。大家都认为，这七股土匪人多势众、人熟地熟，如果集中十人团去打，目标大，反而容易挨打，倒不如运用孙悟空钻进铁扇公主肚皮里的办法，掏其心、搅其腹，派小股精锐兵力进去，要打就打，要撤就撤，机动灵活。那土匪本是乌合之众，没有经过训练，定能打他个天翻地覆。

于是，就决定从抗敌十人团里挑选出五员虎将，组成一支手枪队。

挑哪五个人？最后挑了孙冠英、丁忠恩、严有富、蒯文金、范忠才这五个人，丁忠恩任手枪队队长。

这五员虎将，个个身怀绝技，胆识过人。孙冠英是太湖人，个头不高，长得精瘦，民间传说他有武功，摸岗哨、抓舌头，动作敏捷，如同囊中取物，手到擒来，人们都称他孙猴子。丁忠恩短小精悍，步履如飞，百步之内弹无虚发，十岁开始当红军，绰号丁扒子，意思是要打哪里就能打下哪里。严有富虎背熊腰，力气非常大，端机枪像打步枪，抓敌人像拎小鸡，绰号擎天柱。蒯文金个子高高，眉宇间英气勃勃，遇事点子多，擅长随机应变，常常化险为夷，号称小军师。范忠才，中等身材，膀大腰圆，以前在长江上开渡船，运船如飞，曾一桨打翻几个土匪，人称范老小。

这"五虎"有一个共同的特点，就是年龄都在二十岁左右，出身很苦，机智勇敢，不怕死，浑身是胆。

"五虎"手枪队在丁忠恩的带领下，在一个漆黑的夜晚，如五只猛虎，直扑八宝洲。手枪队一到洲上，就碰上一股土匪正在吊打老百姓。丁忠恩上前好意解劝,谁知这些土匪蛮横惯了,蜂拥而上,朝丁忠恩出手就打。丁忠恩飞起一脚,一个土匪扑倒在地,跌了个嘴啃泥。后面严有富赶上,一拳一个,几个土匪被打得东倒西歪,口鼻流血。同时,手枪队一齐亮出手枪,那些土匪顿时吓得目瞪口呆,不敢动弹。一问,原来这是马玉林手下的一股匪徒。

丁忠恩用枪点着那个为首的说:"回去告诉你们马司令,就说我老丁改日登门拜访。"

那小土匪连连说:"不敢,不敢。"

丁忠恩厉声说:"叫你怎么说就怎么说。"

那伙土匪连说几个"是",就抱头鼠窜,滚了回去。直到此时,他们才知道是丁忠恩的人马上了洲。

过了几天,丁忠恩真的带了手枪队,大摇大摆直闯马玉林的老窝。那马玉林正躺在椅子上闭目养神,被突如其来的手枪队吓得直发抖。丁忠恩拱手一笑:"马司令,恭喜你啊!"丁忠恩哈哈大笑,边笑边说:"你不是生了个胖小子吗? 我们是来贺喜的,不是来缴你的枪。"接着,又教育马玉林,"现在日本人侵略中国,国难当头,我们中国人不能打中国人,不能糟蹋老百姓。只要你改邪归正,我们既往不咎,一样交朋友。"

在丁忠恩带领的手枪队的教育下,马玉林、高方举两支人马改邪归正,并且成了十人团、游击队的内线。

一天下午三四点钟,手枪队洗澡回来,迎面碰上三个土匪,一个胖得像肥猪,两个瘦得像干柴。

在八宝洲的地下工作者黄魁方轻声告诉丁忠恩:"那个胖的就是胡呆子手下的童副官,瘦的都是分队长,一个叫汤聋子,一个叫余聋子。"

丁忠恩决定待他们进入浴池后打他个措手不及。

过了一刻钟,丁忠恩带着手枪队,闯进浴池问:"哪个是童副官?"

童副官正靠在池边,满不在乎地回答:"我是啊! 你是谁啊?"

"我是老丁。"丁忠恩大声回答。

那三个家伙一看是丁忠恩的手枪队,面面相觑,一个个作声不得,只得乖乖地从浴池里爬上来。那副官一边扣扣子一边点头哈腰地问:"有事吗?"

丁忠恩指着他的光脑袋说:"把你们大队的枪都捆起来,送到我们的手里,缴枪的是朋友,不缴,就不要怪我老丁不客气!"

童副官连说几个"是",接着为难地说:"我们只带了一个班来。"

丁忠恩叫这三个家伙在前面带路,手枪队在后面跟着。即将靠近这个班的驻地时,那伙土匪一看势头不好,想四散逃命。丁忠恩把枪顶着那姓余的脑壳:"下命令集合!"

余聋子马上破着嗓子喊:"弟兄们,不要动,把枪统统集中到这里来。"

那班长却抓起一个手榴弹,刚想反抗,丁忠恩眼明手快,抬手一枪,送他上了西天。其余土匪似钉子钉在那里一样,一个个举手投降,六支步枪统统到了手枪队手里。

那个童副官和两个分队长经过教育被放了回去。那童副官倒略有收敛,这余聋子和汤聋子却怀恨在心,不但不改邪归正,反而变本加厉,发誓要消灭手枪队,雪洗澡堂之耻,带着两个分队,到处搜寻手枪队。

为了把土匪的气焰打下去,手枪队又从九成畈调上来两个十人团,由向管昌率领,组成一个长枪队,在南埂包围了汤聋子和余聋子的两个分队,将余聋子当场击毙,将汤聋子活捉后抛进了长江,十一个负隅顽抗的土匪被打死,其余都投降了。土匪的气焰完全被打下去了。

不久,手枪队又直接闯进匪窝,活捉王大方,打死吴万清,搅得土匪六神不安,无路可走,风声鹤唳,草木皆兵。那些土匪一听到风吹草动,就怀疑是手枪队,听到"丁团",就心惊肉跳,魂飞魄散。从此,歌声、笑声重新回到了八宝洲。

一天晚上,当地一些群众在圩堤上唱《三大纪律八项注意》。土匪一听,以为是手枪队来了,一个个吓得屁滚尿流,拔腿就逃。群众还自觉组织起来给手枪队送情报,协助手枪队打土匪,逼得王文直、胡呆子单枪匹马,逃进了鬼子的据点——马垱。大扁担也逃到了望江。俗话说:"树倒猢狲散。"那些小土匪见为首的已走,也一哄而散,回家种田的种田,做生意的做生意,各谋生路去了。

在短短的三个月里,手枪队就扫除了七股土匪,还几次截住汉奸的粮船,散发给洲上的贫苦群众七万余斤大米。一时,在当地群众中普遍流传着有关手枪队的传说。有的说,这五个人是天上下凡的天兵天将,专门来为民除害;有的说,是南山上下来的五只神虎,甚至说亲眼看到这五只神虎吃掉土匪,又变成了人。于是,一个"五虎下山"的传说成了当地老百姓的美谈佳话,越传越神,越传越远。

这话传到彭泽县维持会长余春甫的耳朵里,他仗着自己住在鬼子的据点里,倒吹起牛来说:"手枪队最大的本事是总抓不到我,如果他们抓得到我,他们要什么我给什么!"

为了打击余春甫的嚣张气焰,给日伪、汉奸一点眼色瞧瞧,周静轩又召集手枪队开会,要大家出主意、想办法,把余春甫抓到手。

机会来了,手枪队得到情报,余春甫到了马垱,正在马垱大烟馆里抽鸦片。丁忠恩就带着手枪队,越过东边河,渡过了长江,来到江南岸,只见马垱镇周围都圈上了铁丝网,鬼子的汽艇在江里来回巡逻,马垱炮楼上的哨兵不断晃动,敌人的探照灯对着江岸扫来扫去。手枪队员们伏在地上屏住呼吸,观察四周围的动静。丁忠恩马上做出判断,并下达命令:布置一人监视炮楼,二人枪口对准铁丝网栏门口的哨兵,另一人观察江边汽艇,又对孙冠英轻声说:"猴子,你去把那烟鬼给我逮来!"

接着补上一句:"当心,要活的,不要死的。"

孙冠英一点头，真像猴子那样敏捷，一纵身，早已无影无踪，绕过三道岗，闯进了大烟馆。

那余春甫正穿着一件白绸衣躺在烟灯旁扬扬得意抽着大烟，"啪"的一声，烟枪被孙冠英打出丈把远。

余春甫正待要喊，一张名片递到面前："走，你在我在；不走，你死我亡。"

余春甫定睛一看，脸色煞白，两腿发颤。孙冠英一把拖着，直揪到江边，连夜渡过三道江，带回到王家营。

余春甫一见周静轩，心想，完了，扑地跪倒，磕头似捣蒜。等到孙冠英把他拉起来，头上早已磕出了血印子，嘴里还在喃喃地说："以后再也不敢了，以后再也不敢了。"

周静轩叫他坐在椅子上，告诉他："只要不忘掉自己是中国人，以后照样干你的维持会长。"经过一段时间的教育，把余春甫又放回彭泽。

余春甫回彭泽以后，主动给每个游击队员送来了通行证和良民证。其余伪乡保长也都学乖了，为给自己留下一条后路，看到十人团的活动，睁一只眼、闭一只眼，听到鬼子、汉奸出动的消息，就偷偷赶来通风报信，敌人来了又出面应付。

王家营那边还有一个高方达，周静轩带领边江游击分队，联合詹大金的自卫队，一天清晨，直接将土匪高方达的六条枪缴了。

他们看到这六条枪太旧，不好使，也出于湖区情况复杂，为了搞好统一战线，就想出个办法，利用商群和高方达是亲威关系,叫商群出面,将高方达释放,六条枪全部归还。

高方达对边江游击分队和詹大金的泊湖地区人民自卫队也是感恩戴德,从此也成了他们的耳目。

很快地,他们恩威并施,就将湖区和边江的土匪湖匪全部瓦解,缴了枪。少数愿意加入边江游击分队,一起打鬼子,宣誓后被吸收进来。抗日武装很快壮大,边江游击分队迅速发展到五十多条步枪、九支手枪。

这时候,驻望江县城的日军驾一只汽艇到华阳河两岸骚扰,陶太平率部阻击,烧毁了日军汽艇。边江游击分队知道后,立即配合前往追击。陶太平见边江游击分队发展快,缺武器,打鬼子毫不含糊,就立即支援边江游击分队一挺轻机枪。

虽然土匪湖匪已经基本清除,但湖区各种势力交错,除了各支革命武装力量外,有国民党地方自卫部队、日本驻军和新建的伪军势力,还有川军的一些集众的流散兵以及桂系正规部队。各武装力量相互之间关系错综复杂,湖区抗日斗争矛盾尖锐,任务特别艰巨。

第七章　打鬼子

●25

下仓埠驻扎着国民党自卫队一个中队。1939年冬天,小队长陈士良趁中队长第二天要去大队开会之机,晚上找到中队长,毛遂自荐:"征棉的任务还没完成,您又忙,不如我明天带大家到小孤山下游一带去搞。"

中队长觉得有道理,征棉任务紧、压力大,上面又催得紧,就答应了,并找来几个小队长,说明天全中队都下到小孤山一带去征棉,由陈士良全权负责,代理自己,全面完成今冬征棉任务。

第二天一大早,除了留几个人在驻地值班外,陈士良就按照中队长的指示,带领整个中队开到湖边,乘坐两艘大帆船,过黄湖,直接开往小孤山。

上船的时候,陈士良故意在每一艘船上安排几个自己的

103

亲信。

一路上,他们就分别开始抱怨:"在自卫队真没干头,搞的东西都往上面交。"

"还不如咱们自己干!"

"这天下迟早是日本人的,还不如靠了日本人,不愁吃不愁穿的。"

他们你一言我一语,一路上像演双簧,煽风点火要投靠日本人。大家都懒得搭腔,几个听烦了的直朝他们翻白眼。

船一路顺风,开到湖中央的时候,陈士良突然说:"按照上面的指示,奉中队长命令,今天大家全部开到彭泽,一起去加入日本军!"

陈士良一说完,大家面面相觑。

小队长张的龙立即起身:"那怎么行? 跟日本人干,恐怕是要被人家骂死的!"

陈士良没搭腔,只咳了一声,两个亲信立即绑了张的龙。

船到达小孤山附近靠岸,陈士良迅速集中队伍。他要训话。他说:"兄弟们! 我宣布,今天,我是受中队长的委托,带领大家过江去彭泽,加入日本军! 中队长今天去大队开会,内容就是接受皇军收编的事。下一步,自卫大队将全部接受皇军改编。现在,皇军势不可挡,与皇军作对就是死路一条!今后大家靠了日本人,就不愁吃不愁穿的了……"

他巧舌如簧,软硬兼施,逼迫大家表态。大家见张的龙被绑了,就在眼前,即使不想去,也不敢说出来,知道只要一说出来就和张的龙一样,弄不好会死。

就这样,陈士良先派两个亲信过江,去跟日本人报告,表示愿意接受皇军指挥。很快,陈士良把中队的人都带过江,到彭泽县日军座营,投靠了日军。

日军驻彭泽的三县指挥部司令官三泽中佐很高兴,对陈士良竖起了大拇指:"陈桑识时务,人才大大的!"

第二天,三泽就任命陈士良为中队长,并将自卫队所有队员全部换成伪军的服装,编制为彭泽驻军伪皇协军的一个中队。

1940年春,三泽派陈士良带领中队去驻守复兴、坝头,将他们的队伍改为伪和平建国军。不久队伍发展到三百余人,中队改编为独立营,属伪苏浙皖绥靖军驻安庆独立第十一团指挥,陈士良由中队长提升为少校营长。

陈士良在复兴洲区当了地地道道的汉奸。

陈士良是许家岭人,从小就是个坏坯子,乳名叫的的尔,父亲是店员出身。陈士良兄弟四人,他排行老三。陈士良幼时读过三年私塾,刚成年便在九姑岭一家杂货店当勤杂工。杂货店老板见他机灵活泼,就让他充当店员。老板是一个迂腐的读书人,整日不问世事,只拿着一本书在店里镇堂,陈士良就出货收钱一把抓。

"啊!刚卖的古巴糖一斤,十个铜板放屉里。"陈士良做完一笔生意就向老板汇报。

"嗯!要得!"老板嘴里说着话,眼睛盯着书。

这样一来二去，陈士良知道里面有名堂，也就暗藏了心机：收三留一，收七存二，老板出本钱、出店面，利钱大多进了他的腰包。这样他还不知足。因为生意主要集中在上午和中午，下午九姑岭街上人少没生意——老百姓都下田地里做庄稼去了。陈士良觉得无聊，经老板同意就到外面去游荡。

一日，左邻右舍老老少少都来找老板的麻烦。

"老板！你家请来的伙计，专做偷鸡摸狗的勾当。"

"太不像话！我家三只鸡就被他偷了两只，这还得了。"

……

"有这等事？我要好好教训他！"老板取下眼镜，放下书，连忙向大家赔不是。

晚上，老板找到陈士良："的的尔，我这里留不下你了，明天早上你就走吧！这是你的工钱。"

陈士良二话没说："啊！明早走。"

陈士良在九姑岭被解雇后，在九姑岭乃至附近的许家岭一带就落得个"扒鸡佬"的绰号，人家都嫌弃他。后来他待不住了，就带着不义之财游荡到复兴洲上去，在复兴梁公殿拜了一位绰号吴烂脚的人为师，又落得个"神偷"的名号。陈父恨子不成器，气愤至极，宣布与陈士良脱离父子关系。

1938 年，陈士良在下仓埠找到国民党自卫队，便当兵去了。因为他念了几年私塾，认识些字，熟悉几套拳术，就被派去省城参加军训，回来不久就提升为小队长。

现在傍上了日本人，在洲区当上了伪和平建国军少校营长,这下他感觉有出息了,在洲区耀武扬威。

但洲区日占区旁边有抗敌十人团和边江游击分队。陈士良畏惧十人团、游击队,因为他们在暗处,神出鬼没。他经常派出便衣队,探听十人团、游击队的活动情况,密报鬼子。

一天,谢子连在小孤山渡口,不巧遇见上次在洲头夺枪时早先回去的那个伪军,被那伪军认了出来。伪军立即抓住谢子连,五花大绑,由一小队伪军押往彭泽县的鬼子据点。

伪军押着谢子连走到石塘。这石塘紧靠着马路,离彭泽县城不到七里路,两里路外的茅店还驻有鬼子的一个班。伪军小队长一看已经回到了自己的地盘,就把悬着的心放了下来,在土地庙前的石桌旁坐了下来,叫伪军们把在渡口劫得的钱统统掏出来。

这一情况被沿途的儿童团发现,立即报告了抗敌十人团。十人团决定一定要把人夺回来。但是,要想在鬼子的眼皮底下夺人,就得出其不意、攻其不备。于是派丁忠恩、严有富和蒯文金带了手枪追赶。

丁忠恩边追嘴里边骂:"这帮狗腿子,老子今天要剥他们的皮。"

三人追到石塘庙前,那些伪军正在把钱一把一把掏出来,小队长正在一张一张清点,其他伪军围着石桌贪婪地看着这一堆一堆的钱。直到相距不到五十米,伪军们才从钱堆里回过神来。有四个伪军突然惊慌地端起枪,吆喝着:"站住,干什么的?"不等回答,三人举起手枪"砰砰"打了过去。

那些伪军还没弄清虚实，一听枪声，掉头就跑，小队长再也顾不得桌上的钱，连掉在地上的手枪都忘了带，抢在头里逃命，一窝蜂向鬼子据点去了。

丁忠恩他们也不追赶，只虚放几枪，给谢子连松了绑，捡起地上的手枪，又回到了驻地。

刚回到驻地，家住李家湾的李应松跑来报告，说有"二鬼子"——陈士良伪军一个班的人，正准备驻扎在他们李家湾村东头。十人团叫李应松回去，密切监视"二鬼子"动静，等机会带十人团去灭了他们。第二天，李应松就亲自带丁忠恩他们赶到李家湾，出其不意，轻松缴获了"二鬼子"这个班的一挺轻机枪和五支步枪。事后，李应松也加入了十人团。

陈士良气得咬牙切齿，但又拿十人团没办法。

说陈士良一肚子坏水，一点都不假，他对付不了十人团、游击队，就决定使出收买的办法。

一天，十人团正在套口活动，陈士良安排他的副官化装成便衣，找到手枪队队长丁忠恩，用金钱和地位来收买老丁。丁忠恩知道这人肯定有来头，故意装作很感兴趣，引他道出身份。便衣说得有滋有味，其实丁忠恩一句都没听进去，只听清是陈士良叫他来的，知道也是一个大汉奸。

丁忠恩突然从腰间拔出手枪，指着他说："你信不信，老子一枪打死你！"

"别别，丁兄弟快把枪放下，我也是受人之托。"

"滚！"丁忠恩把手枪别回裤腰带里。

便衣立即起身赶紧走,边走边还小声嘀咕:"不识抬举!"

丁忠恩气不过,又举起手枪,瞄准他的背影"砰"的一枪,将这个汉奸打死在路边的芦苇丛里。

从此,十人团威震湖区,特别是"五虎"手枪队,像一把尖刀插入敌人的心脏,使汉奸、顽敌们闻风丧胆,日军对他们更是恨之入骨。

●26

湖区各支抗日武装力量得到了快速发展。为适应江北湖区党组织的发展需要,使整个湖区武装力量有一个统一领导、统一指挥,形成强有力的对敌斗争力量,1940年3月,经请示中共赣北特委同意,中共江南特支改为中共江边特支,周静轩任书记,米济群、商群为委员,下辖三个支部:江南一个支部,宿松湖区两个支部。

中共江边特支成为整个湖区抗日根据地的领导核心。

接着,他们着手整合湖区武装力量。米济群代表中共江边特支,与新四军军部联系。长江游击纵队奉命成立,也称江边支队、边江游击大队,商群任大队长,丁忠恩任副大队长,周静轩任政委。长江游击纵队下设两个分队:一分队队长丁忠恩兼,含一个机枪班,班长严有富,副班长杨光明,一个手枪班,班长蒯文金,副班长孙冠英;二分队队长苏成信,含三个班,班长分别由红军老班长向管昌和骨干队员杨春生、华长发担任。

长江游击纵队有五十多人。成立后,他们积极开展对敌斗争。十人团的组织也因此进一步得到了壮大,斗争策略大大提高。

游击纵队根据沈家二房屋和袁家畈十人团提供的情报,得知望江县常备大队副大队长何方文,同盘踞在泊湖一带的土顽泊湖水警大队大队长梁金奎关系甚好,交往频繁,时常互相请酒赴宴。因为他们在泊湖一带处处与共产党和抗日武装为敌,游击纵队决定立即采取行动,教训一下他们。杨庆堂、"孙猴子"孙冠英和杨金水三个人,携带手枪,化装成梁金奎的川兵队员,带上由十人团搞来的梁金奎名片,去望江沙咀,连夜闯进常备队的营房,说是"梁大哥有请何大队长赴宴",大胆闯过常备队的岗哨,顺利走进何的内室。杨庆堂三人机智勇敢地缴了何方文房间里的三支手枪。此时,十人团成员又在外围鸣枪助威,虚张声势,吓得何方文下令身边的两个武装班赶紧放下武器,自动缴枪。游击纵队只花了半个小时,缴获何方文机枪一挺,步枪十支。何方文被国民党望江县政府撤职查办。

为打出游击纵队的声望,决定对日军进行一次大规模武装袭击。但是,他们考虑到游击纵队的人和武装还是不够,好在现在是国共合作,他们就决定联合宿松县常备队。

3月下旬的一天,长江游击纵队和宿松县常备队,共千余人,联合展开对坝头日军的秘密攻击。队伍分成几路,连夜开到坝头日军驻地六号附近。

游击纵队埋伏在树林和土坎下面,四下黑漆漆、静悄悄的,整个洲地沉浸在寂静和黑暗之中。

本来,这个时间是老百姓一天劳累后,在油灯下拉拉家常的时间,但是,自从日本鬼子到来之后,人们改变了以往的生活习惯,天刚擦黑就早早回家关门睡觉,唯恐有什么大祸从天而降。

等国民党常备队对日军驻地悄悄完成包围之时,游击纵队的人摸到了日军岗哨的下面。

敌人岗哨似乎有了觉察,"呐呢呐呢?"不知道他们嘴里说了句什么话,还夹杂着一阵拉枪栓的声音。

早已瞄准岗哨的枪声一响,敌哨兵应声倒下。一时间,常备队和游击队的手榴弹一齐扔向日军院内,日军驻地火光冲天。

刺耳的枪声,手榴弹的爆炸声,打破了沉寂的夜空。火光中,只见院子里有几个跌跌撞撞从营房里跑出来的鬼子被炸倒。原来,鬼子们有的已经睡觉,有的围坐在一起玩纸牌,猛听见枪响,慌乱中就跑出来组织还击。

"杀鸡割割!"一名指挥官模样的鬼子,从随从手里抽出指挥刀,大声号叫着,指挥刀却不知道往什么方向招呼。

借着第一波攻击,队伍迅速冲到院墙大门边,一看,鬼子大门没有炸开,依然紧闭。这时间,院墙的枪眼里、铁门后,突然射出了一串串通红的机枪子弹。

常备队迅速从周围组织火力压制敌人。正门看来是冲不进去,游击队让部分战士爬上临近的房顶,向敌人的枪眼里猛打。

手榴弹轰轰爆炸,院内鬼子"呜里哇啦"吆喝,战士们在院外也大声喊打。战士们用步枪、手榴弹都炸不开鬼子坚硬的工事,只炸开了几处房子的墙壁,但无法攻进去。

附近坝头的伪军意欲前来支援鬼子,被常备队事先安排的队伍拦截,不敢放手攻击,只是放放枪,做做样子。

到天亮的时候,双方对峙着。

驻长江南岸彭泽县的日本驻军得到消息,天刚亮就组织一支援军过江,前往支援,被事先安排阻击的江北武装拦截在江边,一时无法赶到坝头六号。

战斗一直打到下午,日军多次组织火力掩护,向外进攻,都被压制,每次都被打死几个,只得龟缩在院内的工事里。

到黄昏的时候,游击纵队和常备队撤出战斗。撤退的时候,鬼子追出驻地。等游击纵队和常备队全部撤过坝头港以后,鬼子不敢继续追击了。他们也知道,追出去中了埋伏,岂不是找死?更何况天快黑了。于是,就隔着河水"叭叭叭叭"打了一通机枪。

游击纵队有人说:"走我们的,让小鬼子放枪为我们送行吧。"

这一仗打死打伤日军数十人,缴获步枪数十支。这次砸日军的老窝,影响极大,从此,整个洲区的日军、伪军、汉奸,再也不敢像前一阵那样为所欲为了,小股日军再也不敢下乡乱窜。

长江游击纵队自此得到迅速壮大,引起了敌人的高度恐慌。

●27

进攻日军六号座营一战后,长江游击纵队驻地转移到九成畈一带。日军受到这次打击,对长江游击纵队恨之入骨,视长江游击纵队为眼中钉、肉中刺。他们指示伪军,派出密探,搜罗长江游击纵队的情报,准备找机会实施报复,一举消灭长江游击纵队。

5月,正是麦子抽穗扬花的时候,整个九成畈平原像一块巨大的布,在风中起伏荡漾。一天中午,长江游击纵队副大队长丁忠恩带领一分队二十余人,在野外演习回来,途经吴家大屋,在吴家大屋喝茶休息。

一个伪军密探发现了他们,立即回去向伪军首领陈士良报告。陈士良找到日军司令官野口,说:"我们发现了共匪游击队。"

野口问:"什么情况的?"

陈士良说:"在九成畈吴家大屋,人不多,只有一小股,二十来人。"

野口又问:"有没有大机枪(指轻机枪)的?"

113

陈士良答复:"没有,只有少量小机枪(指步枪和手枪)。"

日军再也按捺不住他们的报复心理,断定这是一次消灭长江游击纵队的绝好机会。半夜后,急忙从彭泽、复兴、坝头抽调二百多个鬼子兵,和陈士良的汪伪军两个连及彭泽县伪自卫大队八十多人,由日军司令官野口率领,分乘三艘汽艇,熄掉马达,沿江而下,偷偷地从王家营上岸,开往九成畈。

第二日傍晚,日、伪军悄悄地来到吴家大屋,将吴家大屋团团围住。他们以伪军担任警戒,每家门口派两三个兵把守。日军架着机枪,端着上了刺刀的步枪,把整个村子封锁起来,老百姓一出门就抓起来,吊起来,严刑拷打、盘问,要求交出游击队。晚上,有两个人禁不住酷刑,用手往毕家岭方向一指,说游击队在毕家岭。

在涨水的季节,这毕家岭是游击纵队退往望江的唯一通道。因此,派了红军老班长向管昌等一部分人住在那里,又在村外半里路放了一个警戒哨。政委周静轩和副大队长丁忠恩他们带一分队住在毕家岭后面的新圩村里。经过几天的劳累,游击队员们睡得正香,隐隐约约听见从吴家大屋方向传来一阵狗吠声。

拂晓,田野里一片寂静,东方刚露出一点鱼肚白,日、伪军分三路,从吴家大屋往毕家岭暗中包抄过来。敌人呈半月形向毕家岭推进,前面是彭泽县自卫大队,穿着新四军的服装,打算迷惑游击纵队;接着是陈士良的伪建国军;最后才是鬼子,黑压压的一大片。

这一鬼鬼祟祟的行动被游击队哨兵及时发觉,哨兵马上发出"口令",敌人答不上,却声称是自己人,说是豫鄂挺进纵队的。

哨兵一看不对,下令:"站住!"敌人却上得更快。于是,哨兵马上鸣枪,边打边退。向管昌在村里听到枪声,迅速进入了阵地,正好在村头和敌人接上了火。同时,住在新圩村的周静轩和丁忠恩听到枪声后,马上带着战士们向毕家岭跑步前进。他们很快赶到了毕家岭右侧的一块坟包地里。跑在前面的丁忠恩望见鬼子和伪军只是一个劲地向毕家岭出动,就命令孙冠英带手枪班涉水绕道继续前进,迅速赶去增援向管昌,给敌人一个拦腰袭击,其余人留下占领有利地形。

向管昌他们那里总共只有十二条步枪,还有几条步枪打不响。鬼子和伪军集中了五挺重机枪、十二挺轻机枪,向毕家岭猛烈扫射,子弹像雨点一样落在向管昌的阵地上,打得向管昌班他们抬不起头来,渐渐有些支撑不住了。

鬼子司令官野口举起望远镜对着毕家岭阵地一望,发出一阵"哈哈哈"狂笑,扳着陈士良的肩膀:"你的侦察的大大的有功,马胡子的大机枪的没有,只有小小的机枪。"

陈士良受宠若惊,赶快学着日本腔向野口讨好:"马胡子的不顶用,皇军大大的厉害。"同时做了个手势,可以冲。

野口点点头,把指挥刀一挥,嘴里"哇啦啦"指挥日本兵上。

那些鬼子见前面火力不猛,也满不在乎,就端着明晃晃的刺刀,冲到了伪军的前面,对着向管昌所在阵地发起了第一次冲锋。

这时,鬼子万万没有想到,半路上杀出了个程咬金,一分队会在中途伏击。丁忠恩见鬼子越来越近,立即低声发出命令:"机枪准备,打开手榴弹盖,放近一点打。"

一百步、五十步、三十步,鬼子的鼻子、眼睛都已经看得清清楚楚,"咔咔"的皮鞋声在一分队的耳边清晰地响起。

"打!"丁忠恩一声命令。严有富端起机枪,"嗒嗒嗒"一梭子打出去,七八个鬼子马上倒了下去。顿时,机枪、步枪、手榴弹响成一片,在鬼子和伪军人群里开花,没死的鬼子踩着死了的鬼子,嘴里"哇啦哇啦"拼着命往后退,伤了的伪军哭爹喊娘。

后面的野口司令官急得像热锅上的蚂蚁,到处乱抓,又好似伤了眼的野猪,气得嗷嗷叫。"啪"一记响亮的耳光打在陈士良的嘴巴上:"你的胡说,马胡子的不是大机枪的有。"

野口以为遇上了正规部队,又怕背后沈家二房屋也有部队,就把兵力全部撤到离毕家岭三华里的一个窑堡附近,把重火力全部对准了一分队的阵地,命令鬼子发起第二次冲锋。

这一次,鬼子不再趾高气扬,而是小心翼翼、畏畏缩缩地往前冲了几步。严有富的机枪一响,又退了回去。

野口恼羞成怒,企图夺取毕家岭,堵住游击纵队的去路,又命令伪军在前,鬼子在后,向毕家岭发起了第三次冲锋。

那些鬼子和伪军越打越胆怯，就像黑头蚂蚁一样在阵地上慢慢爬着前进。

这时，孙冠英已经赶到向管昌所在阵地。丁忠恩也拎着一支长枪来回指挥，告诉孙冠英："猴子，那边上来了。"

孙冠英带着俏皮的口气说："我还没有过枪瘾呢！"

丁忠恩说："这回得让我先打。"

挨到敌人靠近，丁忠恩一梭子打过去，一枪一个，一下子打倒了六个，其余伪军、鬼子掉头就跑。敌人的第三次冲锋又被打垮了。

接着，阵地上是死一样的寂静，周围飘散着弹药的硝烟味和死人的血腥味，笼罩着紧张的空气，预示着一场更加激烈、更加残酷的战斗即将到来。游击队员们都屏住呼吸，加固自己的工事，准备和敌人血战。这时，从敌方阵地上传来了喊话声："弟兄们，你们跑不了啦！放下武器，到我们这边来，每个月发饷几十元。"

向管昌一听，火冒三丈，一边把枪对准喊话的伪军小队长，一边回喊："卖国贼、汉奸，把你的祖宗都卖啦！"话完枪响，那伪军小队长往后一仰，就像一只死猪再也没有叫唤。

这时，敌人的重机枪、轻机枪一齐开火，子弹像暴风雨般卷向毕家岭阵地，鬼子、伪军发疯了，决战开始了。严有富的机枪"嗒嗒嗒"不断喷吐着愤怒的火舌，打得敌人不敢抬头。

突然，严有富晃了两晃，眼前一阵昏晕，鲜血从他的腹部涌出来，沿着腿部往下流。鬼子和伪军一听机枪停了，从地上爬起来向毕家岭蜂拥而来。这时,从望江前来增援的鬼子一个大队,带着八二迫击炮也赶到。炮声夹杂着重机枪声在轰鸣,大地在颤动,把严有富从昏迷中震醒。他看到敌人已经拥到面前,顿时怒火胸中烧,眼前掠过鬼子杀害他一家的惨痛场面。他咬紧牙关,紧扣扳机,犹如秋风扫落叶,鬼子和伪军成排成排地在他面前倒下去,死的死,伤的伤,鬼哭狼嚎,直往后退。严有富犹如一尊石像,站在那里,看着鬼子往后退。突然,又一颗罪恶的子弹穿进了他的胸膛,他晃了几晃,嘴角留着胜利的微笑,慢慢地倒了下去,鲜血染红了田边的麦苗。

手枪班长蒯文金接过机枪,一面高喊着为严有富报仇,对着敌人继续射击,一面命令杨金明赶快报告丁忠恩。范忠才刚想把严有富背下来,三颗子弹同时穿过他的肋骨和手臂。在丁忠恩再三恳求下,周静轩带着部分战士保护着伤员先撤离了阵地。这时,整个阵地上只剩下十八名战斗员,他们憋足了一股劲,又把敌人的最后一次冲锋打了下去。

战斗从清晨一直打到傍晚。下午五点钟,丁忠恩命令蒯文金带着部分战士撤离,自己带着一个班留下来做最后的掩护。天渐渐黑了下来,阵地上的枪声也渐渐稀疏。鬼子一到黑夜也害怕起来,司令官野口只得收拾残兵败将,带着五六十具死尸、一百多名伤员,灰溜溜地溜回了老窝。

毕家岭这一场恶仗,游击纵队打退了十倍于己的日伪军,威震湖区,远近的群众都传说游击纵队会打仗,个个有功夫。汉奸们也有所收敛,苦难中的湖区人民则感到有了依靠,抗日武装力量在湖区继续发展。

形势变得让日本人很头疼,游击队和畈区老百姓搅在一块,不好对付。不久,日军以维护占领区的社会治安为名,进行"彻底治安肃正",对湖区、畈区抗日敌后游击根据地实行轮番"扫荡",组织伪政府人员和伪军一起,逐村清查户口,颁发"良民证",实行"十户连坐",即一户抗日,十户皆杀。同时,到处搜捕共产党、游击队和抗日群众,镇压一切反日活动。

●28

刚刚长途奔袭日军安庆机场,一把大火引爆机场油库的国民党军桂系一七六师五二六团,太湖县城指挥部里,团长莫敌在接到上峰嘉奖令才几天,又接到上面的任务——扰乱日军控制的长江航运。

莫敌团所辖范围内的长江段,从上游往下游,包括宿松、望江、怀宁、安庆、枞阳。莫敌首先派出侦察连,打算用十天的时间,了解长江的航运情况,包括船只的情况、运输的情况、防护的情况以及码头的情况。接到任务,连长石重一脸的茫然,这两年,打来打去都是在陆地动手,水里还真没有跟日本人过过招,从何入手?石重心里没有底。不仅石重心里没有底,莫敌心里也没有底,所有人的心里都没有底,所谓欺山不欺水,水里的事,不是那么容易搞得定。

莫敌知道,没有重武器,想弄沉一条船,不容易。想知道怎么样才能弄沉一条船,必须找到内行。通过各方调查,他们打听到在宿松的孤山村,有一个之前在威轮公司开过轮船的老船工。莫敌带着警卫班亲自去一趟小孤山,向这位老船工了解有关轮船的知识。这位老船工之前是一艘货船的轮机长,是一位有经验有资历的老技师。江阴大战时,威轮公司的老板陈顺通为了支持抗战,把这艘货轮献了出来,作为江阴长江拦截的一部分沉入长江。失去船只,这位船工也失业回到了老家孤山,弄了条小渡船,从孤山到彭泽送人过江,收点船费度日。他告诉莫敌,他每天在江上混食,对江上的运输船舶了如指掌,有商船,有货船,有客船,大多是日军的战备运输船,也有一些是当地船主的货船。日军在这一带的运输船,排水量都不小,基本都在一千吨以上,而且都是铁甲船。因为要从日本开来中国,要经得起东海黄海的大浪,铁甲的厚度不薄,一般的步枪子弹想在船体留下个弹坑都不太可能,就算是九二式步兵炮,正面轰在船体,最多也是个碗大的小坑,想击穿船体,只怕要更大口径的大炮才行。凭莫敌他们手里的枪,一句话,给轮船搔搔痒而已。

　　莫敌听得很仔细,让老船工把一条千吨级的商船画了一个简图,哪里是驾驶室,哪里是发动机,哪里是货舱,哪里是警卫区,详细标明。老船工知道莫敌的想法,知无不言,言无不尽。不仅莫敌听得仔细,跟着莫敌去小孤山的人都听得十分认真。

莫敌拿起船工描绘的图纸,指着货舱,问道:"客轮也是在这个地方坐人吗?"

老船工摇摇头,又拿过一张纸,画了一个客轮的大概轮廓,告诉莫敌客轮的大概结构,客舱的划分,甲板的使用以及那些暗无天日的三等舱。

告别了老船工,莫敌来到江堤,看着面前的江水,看着从江面拉着长长的鸣笛驶过的轮船,耀武扬威,有的飘着膏药旗,他们更觉狗咬猪尿脬——无从下口,无能为力。

离开孤山,莫敌又一路颠簸回到太湖。到达太湖县城晋熙镇时,已经是月上中天。近八月十五中秋节,月亮很大很亮,湛蓝的天空没有一点云彩,只有一些明亮的星星在眨着眼,让月亮不至于太过孤独。

进到指挥部里,就有人迎了来:"团长,有好消息!"

一封电报送到莫敌手上,那人对莫敌说:"下午接到新四军张云逸参谋长的电报,日本人组织了一个由西方列强代表组成的观光考察团,坐观光轮今天离开南京,经芜湖、安庆前往武汉,考察中国战场的进展情况。"

莫敌眼前一亮,一天到晚没有好消息,原来等在这里!

莫敌再看看电报,上面说这是日本为拉拢西方各国,显摆他们侵占下的中国安全吉祥。莫敌随即向师部发报,请求指示。很快上峰指示:第一,一定要打炮,打出气势;第二,一定要打观光船,要打出险情;第三,不能打伤船上的人,因为船上是西方各国代表,打死打伤了会有外交风险。只要达到这三条,其他的,由莫敌自己看着办。

一旁的团参谋笑着说:"做到前两条不难,要做到后一条,着实有点让人头痛。弄不好,要背黑锅。"

莫敌略有所思,拳头打在桌子上,说:"干,这个好机会,我背黑锅也值!"

莫敌迅速决定在小孤山布置四门日本三八野炮。一来,这里江面窄,小孤山面前的长江江面宽度只有一千多米,完全处于三八野炮的打击范围。二来,高耸挺立的小孤山,是架设大炮的天然掩体。

小孤山西边山脚下,四门野炮一字排开,用防空盖盖得严严实实,从下游上来的船只,只有驶过小孤山才能发现它们的存在。

"只有一个小时,没有问题吧?"莫敌问炮营营长李柏成。

"有点问题,不是时间太短,是太长了,我恨不得那艘船现在马上出现在我的面前,打完了好回去喝酒。"李柏成笑着说。

"呵呵呵呵!"莫敌笑着说,"那不如趁此机会,上山走走。"

李柏成平常称莫团长老大。他们上到小孤山顶,他告诉老大,已经安排了观察哨,只要观光轮出现在视线里,立即通知下面炮阵,做好一级准备。他们走到东面临江小亭,面江一望,海天一色,蔚为壮观,长江静静地流去,在天际处渐渐消失。莫敌高声笑道:"面对如此美景,莫敌我胸怀大开了。"

同时伸出双臂做着飞翔的姿势。

"老大,我有时候真的很羡慕你,大战临头,你竟然还能如此雅兴,不觉得有一点紧张吗?"李柏成笑问。

"紧张? 哈哈哈哈。"莫敌大笑,"我为什么要紧张?"

"你不怕我一时失误,弄了一颗炮弹在船上,正好炸死几个西洋人?"李柏成很正色地回答。

"死的是西洋人,那应该是西洋人紧张,我为什么要紧张?"莫敌问。是啊,船上人不着急,岸上人着什么急,莫敌自己也忍不住笑了。

"我一直在想,如果我们真的弄死几个外国人,会有什么情况发生。"李柏成有点担忧地说,"从大的来说是国际事件,从小的来说是我们要承担责任,当然,主要责任在你,我是从犯,可以从轻。"

"我们打这个观光轮,主要是要表明我们的态度,无论是什么人,不管他是日本人还是西洋人,只要是不经我们的同意进入我们的国土,虽远必诛。有道是,朋友来了,好酒相待,敌人来了,枪炮相迎,何去何从,我们要摆出自己的态度,让西洋人自己选择。我们是要告诉对方,为了抵御外族侵略,我们中华一族,毫不吝惜自己的鲜血和生命。战争打了两年多,我已经准备好了,随时可以把自己这百十来斤菜搭进去,你敢不敢? 如果你敢,你就不会紧张。"

说完,莫老大眼睛呆呆地远望着东北方,说:"你看看,那是不是?"

李柏成扔掉手里的烟头，猛地站起来，手搭凉棚一看，还没等他看明白，耳边已经有了结果："报告团长，目标已经出现，距离八点五千米。"

"准备战斗。"李柏成转身要往下走。

莫敌一把拉住，说："打炮是他们的事，我们在这里看个热闹。"

李柏成愣了一下，随即哈哈大笑，对通讯员说："告诉他们，随便打，爱怎么打怎么打！打退打沉都行。"

通讯员应了一声，笑着跑开，刚走了两步，只听得李柏成再叫道："等等，让人送点吃的来，如果有酒，最好弄点来，我跟老大在这里一边小酌一边看你们打炮，认真点，别一塌糊涂在老大面前丢老子的人。"

"是！"通讯员嘻嘻一笑，转身跑开。

江上的船越来越近也越来越大，从小孤山望去，船只并不显得太过威风，前舷侧面，写着四个大字：招商一号，高高的中央旗杆上是一面巨大的日本膏药旗，在旗的下方，装饰了大量的彩旗。也许是太阳有点晒，甲板上没有人，只有巨大的烟囱冒着滚滚浓烟。一看就是观光船。

这是一艘商船，没有武器，也没有护卫船只。莫敌骂了一句："狗日的日本人，还真把长江当成了他们家的水道，这回，给你点颜色看看！"

轮船从小孤山脚下绕过，莫敌多少也感觉到一点紧张，手里端着酒杯，却不知道把酒往嘴里送，眼睛紧紧地盯着船。

突然,巨大的船身剧烈摇晃了一下,只见在前舷上落了一颗炮弹,正好打在挂锚的铁链上,把铁链打断了,巨大的铁锚掉进水里,这时也听到从山脚下传来第一声炮响。

接着,第二颗炮弹正打在高高的烟囱上,把一大截烟囱从中打断,倒在旁边高高的旗杆和上面的膏药旗上,一起掉进了长江。

第三发炮弹打在前甲板,把甲板上一些乱七八糟的东西炸得飞起。

第四发炮弹打在后艄,距离尾舵不远,把莫敌吓出了一身冷汗:"这是谁干的事,真要把尾舵打掉,让船只停在这里,反而麻烦了! 上面一大堆的西洋人,杀还是不杀?"

观光轮上有高人,在第一炮时,船长立即把推进器反转,轮船很快停了下来,紧接着是全速后退,在第四发炮弹爆炸时,他们已经知道炮位所在。他们知道,只要退到小孤山下游,就能避开炮击。然而,船大不好掉头,慢吞吞的,在后退时,第二轮的四发炮弹全部打在船的右侧,打出了几个巨大的坑,却不能打穿,果然是相当厚实。

还没有轮到打第三轮,观光轮已经退到了小孤山下游,仍在全速后退。观光轮退出去很远,才掉过头,飞快地往下游开去,没有了烟囱,浓烟把招商一号的半部罩了个严实,也把之前躲在船舱里的贵宾们像熏老鼠一般熏了出来,集中在烟囱前的大甲板上。炮击让贵宾们惊魂未定,猛烈的爆炸声虽然没有把船体击破,可巨大的推力差点让轮船倾覆。一路

125

上惬意非常的贵宾们,从来没有想到会有炮弹落到自己头上。

观光轮遇袭,被迫返航的消息,传到重庆军部,一时舆论哗然。

果然,炮击事件发生还不到二十四小时,处理意见就已经来到,一纸命令,免除莫敌五二六团团长职务,立即回到四十八军一七六师政治部报到,交代小孤山炮击事件。五二六团由副团长蒋春阳负责。

莫敌知道,这是上峰迫于外交舆论,做做样子,搪塞一下西方列强。

一切安排妥当,莫敌、李柏成一行动身前往霍山,听候师部调遣。刚走出太湖县城晋熙镇没有几步,蒋春阳让人追来,送出一封信,莫敌打开一看:因为小孤山擅自炮击,一七六师师长区寿年被免去师长职位,由副师长郑沧溶代理,原政治部主任谭何易升任副师长。

莫敌大笑:"这到底是降职还是升职?"

第八章　群雄逐鹿

●29

在湖区武装力量不断壮大,并展开对敌斗争的同时,詹大金也在湖区根据地加紧建立抗日统一战线民主政权。

1940 年上半年,詹大金前往湖北,找到新四军豫鄂挺进纵队鄂东独立团政委张体学,向张体学汇报了宿松湖区抗日根据地的情况,要求建立湖区行政机构。

张体学表扬了詹大金,表示大力支持。他随即派黄冈人詹仲文随詹大金一起回到宿松湖区,很快在洪家墩成立太宿联乡办事处。詹大金担任主任,石墨华任副主任,詹仲文任政委,吴佩剑任办事处秘书。办事处机关设在洪家墩。

这个秘书吴佩剑刚满二十三岁,家在九姑岭东街。吴佩剑幼读诗书,聪慧好学,迫于家贫,十三岁辍学,入店当学徒。十四岁父亲病逝,随姐姐吴宜枝经商。因少年有志,为人正直,学识过人,十六岁被族人推荐为吴氏家谱编修。他借此机会接触了多方有识之士,也接受了一些新思想。政府的腐败,民间的疾苦,特别是"一二·九"学生运动的爆发,对吴佩剑影响很大。他心存报国之志,决定离开结婚不久的小家,出去闯一闯,得到大姐和亲友的帮助,考入国民党安徽省政府在省会立煌县开办的干训班。立煌县在大别山深山区,吴佩剑徒步走了好几天才到。在干训班期间,他结识了共产党人,认识了共产党。半年后结业回乡,国民政府分配他到乌池区任副区长,但他申请到洪家岭去当乡长。因为他受共产党组织暗中指派,争取到共产党活跃的湖区去任职。1937年初,通过国民党县政府的关系,吴佩剑到洪家岭担任国民政府乡长。他以这个身份做掩护,在湖区一带从事共产党地下活动,上承组织指导,下酿群众运动。

太宿联乡办事处一成立,吴佩剑就正式公开了身份。乡政府有人说:"本来一个乡长好好的,还又去搞什么'办事处',这是共产党的把戏,瞎搞。"

活动在黄梅宿松边界任新四军便衣队队长的严仲怀,知道家乡宿松泊湖地区的抗日活动开展得轰轰烈烈,又因思念家乡的亲人,便回到家乡严家小屋,看看日思夜想的家人,看看泊湖这边的形势。

詹大金听说严仲怀回来了,就跟杨行舟一起,跑到严家小屋找到严仲怀,动员他接任他的办事处主任职务。严仲怀欣然同意。严仲怀看到,在泊湖这边,国共两党还没有撕破脸皮。不像黄宿边区那边,便衣队受限,是隐蔽着开展活动,战斗环境恶劣。去年鄂东保安司令陈汝怀和国民党黄梅县长陈宗猷就"围剿"新四军江北游击大队第八大队，撕破了脸皮，第八大队被打散了，只有大队长邹一清带他们一部分人还在黄宿边区隐蔽着坚持活动。

于是，严仲怀就留下来了。他先回一趟黄宿边区便衣队，找到第八大队大队长邹一清，辞掉便衣队队长职务，来到下仓洪家墩，任太宿联乡办事处主任。

办事处成立后，接着成立了赤汉乡、湖滨乡、许岭乡、大湖乡等四个乡级抗日民主政权，石成玉、吴佩剑、蔡浩、张正勋分别任这四乡乡长。乡以下利用国民党保甲政权为抗日民主政权办事。各级政权，积极宣传共产党的政策法令，调解民事纠纷，打击汉奸和有破坏行为的土豪劣绅，筹集军粮、军鞋，动员青年参军，进一步巩固了湖区抗日根据地。

湖区抗日民主政权的建立，共产党湖区抗日武装力量的壮大，抗日根据地的发展，在群众中的声望越来越高。这引起国民党许岭清乡队的不满。驻扎在许家岭的这支国民党清乡队，是国民党在湖区成立的地方武装，队长叫汪庆豪，毕业于国民党杭州干训班。汪庆豪对共产党湖区力量的发展深感不满，但又不能直接攻击，毕竟是国共合作时期。

汪庆豪就想点子从内部瓦解。湖滨乡乡长吴佩剑，和汪庆豪是同乡，都是九姑岭人。汪庆豪多次去劝说吴佩剑，叫吴佩剑不要干共产党的事，吴佩剑不听。汪庆豪又去找到吴佩剑的姐姐吴宜枝，叫吴宜枝出面做工作。汪庆豪知道，吴佩剑对这个姐姐非常敬重,他父亲去世后,是这个姐姐一手把他培养成人的。他姐姐真去劝说过好几回,都不行,就告诉汪庆豪,说弟弟现在怕是劝不回来。汪庆豪就给他姐姐出点子,叫他姐姐去洪家岭找吴佩剑,说他娘死了,把他骗回来再说。

一天,吴宜枝身穿孝服,迈着小脚,来到洪家岭,找到弟弟吴佩剑。

吴佩剑见姐姐一身孝装,吃惊地问:"姐姐,你这是?"

吴宜枝含着泪说:"娘过世了,快回家吧。"

吴佩剑先是惊讶,后细细一想,感觉不像是这样。他将信将疑,就对姐姐说:"姐姐,即使娘真的去世,我也不能回去。"

姐姐又说:"父亲死得早,娘和我都希望你好好的,汪庆豪说回去帮你介绍个好点的工作。"

吴佩剑一听讲汪庆豪,就干脆说:"我是在这里革命,这里有我追求的目标,有我的理想,如果我真的回去了,那就是叛变革命,我这一生就白活了。"

姐姐见他决心已定,再劝也无益,就实情相告,成全了他,承诺家中一切事不用他惦念,娘有她照顾,让佩剑放心投身革命,然后就脱掉孝服回家去了。

望着姐姐宜枝远去的背影,吴佩剑脸上流下了一行热泪。这个姐姐红颜薄命,十八岁时家里包办婚姻出嫁,洞房花烛夜里,发现男方丑陋且木讷,心凉如水。她和衣而睡,等

第三天回门到娘家时,"扑通"一声跪倒在娘的面前,哭泣着求娘,不再去夫家。但她毕竟是出嫁之女,俗话说,嫁出去的女,泼出去的水,不可在娘家住。她只好离家,在九姑岭街上租一间屋子单住,开个小百货店度日子。父亲死后,她为了这个家,又操碎了心……

● 30

汪庆豪见事没做成,也就罢了。但泊湖东岸的土顽——泊湖水警大队的梁金奎就不一样,他对根据地发展恨之入骨。他手下有好几百人,一向就消极抗日,热衷于反共,暗中和日伪军相互勾结,打击湖区根据地,和游击队多次交手,是根据地发展的重大障碍。

毕家岭一仗,长江游击纵队以少胜多,重创不可一世的日伪军,打出了长江游击纵队的威风。而且在毕家岭这一仗的前几天,望江常备大队何方文就吃过游击纵队的大亏,"孙猴子"孙冠英三个人持手枪连夜突入常备队营房,控制大队副何方文,缴了他们枪。现在,梁金奎不敢直接冒犯游击队,就想一些鬼点子。

毕家岭战斗以后,长江游击纵队转移到王家墩驻扎,继续扩充力量,并常常到洲区活动。洲区有个保长叫炎四春,是共产党和游击纵队的统战对象。梁金奎就利用这种关系,收买勾结炎四春,密谋使坏。6月份,游击纵队要扩军,炎四春就热情介绍九个四川人到游击纵队参军,这九个四川人是流散的四川兵。附近各地流散的四川兵比较多,游击纵队因为扩充力量迫切,就没有慎重调查,很快就接纳了这九个四川兵。其实,这九个四川兵是梁金奎的亲信,是梁金奎和炎四春暗中串通一气,将他们安插打入游击纵队。

那些四川兵混入长江游击纵队后,纵队领导将他们集体编入第二班,并指定其中一人任班长。这便给了他们可乘之机,他们从不离伴,时常偷偷开小会。不久,他们的异常活动被杨长生、杨光明等人有所觉察。杨长生、杨光明就向政委周静轩报告。周静轩觉得招兵不易,认为是教育问题,没有引起重视,叫他们不要怀疑。后来,周静轩逐渐有了警觉,决定换掉他们的枪支,准备着手整顿清洗。

可是,在周静轩还没有动手之前,他们一帮人先下手为强了。

9月16日,快过中秋节了,纵队三个班住在九成畈团岭头。团岭头离毕家岭不远,在每年夏天涨水的季节,是一个很小的三面环水的小岛。大队长商群不在,去了彭泽县;副队长丁忠恩去了詹家峦;政委周静轩和事务长住在湖中的一条小木船上。

傍晚,团岭头上轻风微拂,夕阳的余晖洒在泊湖水面,泛起道道金波,小小的团岭头也好似抹上了一层淡淡的血红。入夜后,与往常一样,湖上静悄悄的。杨长生是当晚的值班班长,但担任岗哨的都是四川人。

待大家都入睡后,四川兵们暗中将一些枪的机头拆下。正当杨长生出来查哨时,他们突然向杨长生开枪。紧接着他们冲进机枪手杨勇的寝室,企图夺取机枪,并向杨勇等人开枪射击。杨长生、杨勇当场牺牲,杨光明等三人也中弹受伤。

手枪班长蒯文金听到枪响,从床上一骨碌爬起来,拿起枕头下面的手枪,刚冲到门口,就迎面碰上叛匪。蒯文金知道是他们叛变,便一边射击,一边冲了出来,与副班长孙冠英一起,立即跳入湖水里,涉水逃脱。

大家逃脱来到周静轩的船停靠点附近集合时,周静轩的船去了湖心。周静轩在湖中隐约听见枪声,不明原因,就令船开到岸边。船到岸边后,见岸上仍有人在走动,周静轩就登上船板喊话:"谁呀?刚才是什么情况?"

叛匪谎称:"刚才有土匪骚扰,被我们打跑了。"

周静轩隐隐约约发现岸上尽是四川兵,知道情况有变,就转身准备返回船舱。这时,叛匪朝船上的周静轩开枪射击,一枪击中了周静轩腹部。周静轩双手按住腹部,退到船舱里,事务长迅速将船开离岸边,开到江冲湖嘴。

当晚,那些四川兵带着一挺机枪和十几支步枪,连夜坐船跑往梁金奎的泊湖水警大队去了。

周静轩忍着腹痛,派人找来了丁忠恩、蒯文金、孙冠英、杨介先、杨庆堂、詹大金等人和医生崔炼成,他向大家说:"我不行了,不能再为人民工作了,与同志们永别了,希望你们革命到底,碰到困难决不能低头、倒退!"

他说话时毫无痛苦的样子,但不一会儿就牺牲了。

周静轩牺牲后,游击纵队内部人心紧张,被那几个四川兵搞怕了,江南人和江北人互相之间不信任,团结不起来。商群回来后,没办法,就带着江南的一部分战士返回了彭泽县,在辰字号一带活动,继续开展武装斗争。

剩下米济群,带着游击纵队余下的几个人,在黄湖边上的一个渔棚里,隐蔽了好几天。詹大金见此情形,就前去找米济群商量,及时收编了游击纵队的余部,将他们留在泊湖地区人民自卫队。米济群自己到江西去,找赣北特委。

詹大金觉得刚刚壮大起来的湖区武装力量不能就这样削弱了。他又及时派石定华到宿松西北山区去,找到新四军豫鄂挺进纵队鄂东独立团政委张体学。张体学随即派曾少怀、桂平带领新四军战士四十余人,先后来到宿松湖区,同詹大金的人民自卫队一起活动。

湖区老百姓见到穿着新四军服装的战士,都说:"新四军来了好!看梁匪还敢常来搞更不。"

湖区武装力量又逐渐得到了恢复,有近百人。

●31

搞散了长江游击纵队,梁金奎以为可以肆无忌惮,横行湖区,鱼肉百姓。但又来了一帮新四军,梁金奎很是看不惯。

梁金奎紧急集中三百余水警,趁新四军新兵未经训练,弹药不足,立足未稳之机,进行三面夹攻,想把新四军围堵在沈家二房屋予以消灭。

新四军获悉这一重要情报后,立即召开紧急会议,决定在梁匪尚未形成合击的包围圈前主动撤离。

十人团为了保卫新四军有计划地撤退,一面积极组织船只渡运,一面掩护新四军撤退。

正当新四军撤到渡口时,梁匪兵追上来了,曾少怀等立即展开阻击。在激战中,曾少怀负伤。沈家二房屋十人团副团长沈天寿当机立断,一面指挥团员把负伤的曾少怀抬上船,扯篷开船,一面自己开枪阻击,吸引敌人火力。

沈天寿在战斗壮烈牺牲,却掩护了新四军登上渡船,得以及时撤离。

长江游击纵队刚刚有了起色,成为湖区重要的抗日武装力量,却毁在这个梁金奎的手上。新四军刚来,就又遭到这伙土顽的包围和攻击,被迫撤到金塘地区。现在,九成畈一带又成了梁金奎的"粮仓"。

曾少怀、詹大金决定对梁金奎作战。

金秋时节,肥沃的九成畈平原上是一眼望不到头的金黄,农民们正忙着秋收,顽匪们却忙着征粮、收税。一天,梁金奎一支几十人的队伍窜到九成畈,在王家墩一带向老百姓强行征收芝麻,不给就打。曾少怀和詹大金得到消息,立即率队赶到九成畈。

他们队伍一过长河,老百姓听说是来打梁金奎的,七嘴八舌都说:"新四军兄弟啊,你们可要狠狠教训一下'梁匪'那帮狗杂种!"

"是啊,他们哪里是什么'水警',本来就是湖匪,常来搞更,不给就打就杀。"

"他们现在在王家墩。"

……

詹大金他们行至王家墩附近,就望见梁匪们在忙着集中粮食,往牛车上装,准备运走。前面的人二话不说,架起机枪就怒吼起来,后面的人旋即发起冲锋。梁匪被打得措手不及,一下子死了十几个。对面梁匪的人一听机枪声,一下子就乱了套,以为是遇上了日本兵,就丢盔弃甲,跑得比兔子还快,全部逃到村外的一个大土埂下面。

间隙,战士们说:"瞧这帮家伙,只知道在老百姓面前逞凶,在鬼子面前就变狗熊啦。"

"不,是变兔子了,没见跑得有多快吗?"

"没想到今天我们还沾着了小鬼子的光哩!"

梁匪的人喘了口气,才发现是詹大金的自卫队和新四军的人。他们恼羞成怒,立即组织反攻。

詹大金对这里的地形熟悉,和群众的关系多年来相处得非常好,立即指挥战士们展开,找准有利地形。曾少怀沉着指挥。

眼望去,远远只见对面一个小土墩上有一个小头目模样的黑大胖子,号叫着正挥舞手枪督战,指挥刚刚退下来的人向前射击，冲锋。

"射人先射马，擒贼先擒王。干掉这个狗杂种！"曾少怀手指身旁的几个战士说，"你，你，还有你，你们五个人，全都瞄准对面那个为头的。"

战士们举枪瞄准。曾少怀喊了一声："打！"

一阵清脆的枪声过后，只见那黑大胖子一扬双臂，一个趔趄，再也没见着他的身影出现。

树倒猢狲散，梁匪们大约是见到当官的死了，"哗啦啦"全都掉头就跑。战士们迅速冲出掩体，乘胜追击。梁匪们往望江华阳方向逃跑，沿途又打死十来个，俘获六人。

战斗大获全胜，缴获长短枪十四支、手榴弹五枚，另有十条装满子弹的子弹带。为长江游击纵队报了一箭之仇。战斗结束，他们返回驻地，一路上，九成畈的老百姓前来夹道欢迎。梁金奎的人也不敢随意到王家墩一带来。

这时候，米济群在江西找到了赣北特委。恰逢这时候赣北特委在那边待不下去，国民党抓得紧。赣北特委就决定将机关转移到宿松湖区来。组织部长张云樵先随米济群走景德镇来到宿松湖区，帮助恢复党组织。不久，书记黄先、宣传部长严兴让、武装部长刘宗超等，整个赣北特委机关全部人员，从江西波阳北部山区迁到宿松湖区，驻下仓埠、王家墩，直接领导彭宿望湖区及沿江一带的抗日斗争。

年底，紧接着又在下仓埠成立了县级政权机构——宿望湖区行政办事处，米济群任主任，由在群众中享有很高威望的抗日民主人士王梦槐任副主任,管辖原由太宿联乡办事处下辖的四个乡,还有套口、詹峦沿江一带。太宿联乡办事处撤销。

为适应对敌斗争需要,黄先决定把十人团的活动由秘密转向公开,只要愿意参加抗日的对象,都吸收进队伍。翻过年到1941年春上,又把十人团扩建为村团。村团以屋场为单位建立,其中大屋单独建立,小屋合并建立。随着游击区域的扩大,村团又扩大为分团和区团。区团和分团,又具体领导本地儿童团、妇联会。儿童团的任务是,探听敌情,送情报,盘查来往行人,注意嫌疑分子。妇联会的任务是,做军鞋和防匪、防特。如果发现日伪军和土匪来袭击时,用呼猪和赶鸡的喊声发出信号;如果发现谁家有来历不明的人投宿,及时报告团部审查。

●32

梁金奎的泊湖水警大队长期驻扎在徐家滩、壬辰占一带,向当地和周边老百姓任意摊派粮油和征收捐税,大肆敛财。

梁金奎这个人,心狠手辣,鬼点子多。他本是四川大竹县人,自幼好玩,善钻营,小时候只念了三个月书就不念。1937年,投川军杨森部充任勤务兵、班长。抗日战争爆发,随杨森部驻安庆。芜湖沦陷后,杨森走湖北,其部下朱亮统兵

138

两营,自称"抗日游击队"司令,以梁金奎为副官,开进望江县城,哄抢国防盐,被陶太平、吴万年两部合力击败。梁金奎见势不妙,就背离了朱亮,乘乱躲在望江县城,潜伏在地主徐义家里,窥伺时局,以图日后。

梁金奎乘机大肆活动,与驻望江的安徽渡江管理处警卫队队长刘泽久攀上同乡关系。经几度周旋,刘泽久将梁金奎补入警卫队雇用名额,私授以分队长职务。梁金奎就借此机会浑水摸鱼,招兵买马。从此,梁金奎往来于大江南北,暗植党羽,网罗散兵游勇,夺取大批枪支。实力扩充后,他便背叛渡江管理处,自封"抗日游击大队长",公开向地方摊派粮饷。后被人告发,国民党望江县政府督促驻军"十一游"围剿,梁金奎连夜逃至沦陷区附近的宝兴圩,依仗日伪的势力掩护,得以脱险。这时,恰有国民党某部保护长江航行路灯负责人失职惧祸,被梁金奎诱降,又扩充了武力。梁金奎这时已拥有官兵六百余人,轻重武器四百余支。但没有得到国民党承认,梁金奎就用大量钱财贿赂国民党四十八军军长苏祖馨,疏通省保安司令部,将其部暂编为"泊湖水警大队",驻壬辰占。不久,国民党安徽省政府主席李品仙巡视太湖,梁金奎又买通"十一游"支队长潘觉民,向李品仙推荐,才得以正式收编。

梁金奎的泊湖水警大队绝大部分是四川人,是抗战爆发后,随川军杨森部来到此地的。他们大多数人都吸食鸦片,老百姓都把他们称为"双枪兵"。因为他们身上大都有两支

"枪",一支是作战用的枪,另一支是吸食鸦片的"烟枪"。

一天,湖边各地突然贴出安民告示:

> 兹奉皖省政府指令,太湖、宿松、望江三县乃湖区经济重镇,系国防食用盐转运之通道。为保证泊湖、黄湖及国防转运通道之安全,皖省特成立泊湖水上警察大队。其宗旨:畅通运输、护佑经贸发展、保境安民。特此周知。"

安徽省泊湖水上警察大队

安徽省泊湖水上警察大队队长梁金奎

中华民国二十九年五月十三日

这条告示一贴出,湖边商家看着都是一脸沮丧。

有人喊:"梁匪转正啰!"

"这是叫我们掏银子哩!"

"这几年各种税收及摊派还少吗? 名为水警,实为湖匪!"

"只要莫扰民就万事大吉啰!"

"转正"后的梁金奎,更有恃无恐了,率领他的泊湖水警大队,在湖区实行残暴政策,欺压渔民,残害百姓,坏事做尽。他派出各个中队、小队分别驻守湖边、江边各地,以查禁资敌物资之名,行抢劫行商旅客之实。为牟取暴利,还令亲信在长江八宝洲种植罂粟，一方面制成鸦片供官兵们吸食，另一方面卖出去敛财，流毒地方。经过几年的横征暴敛和纵兵抢劫，一个穷途小卒，竟大发横财。他除占有大量金银细软外，还占有油坊、染坊、工厂、渔湖、柴场、洲田、木船以及望江县城、吉水、安庆等处的房产。

梁金奎虽然个子不高，但五官端正，皮肤白净，表面上看，长得是一表人才，而且还有个特别的雅好——爱好京剧，是个不折不扣的票友。他知道鸦滩张家祠堂有一个戏剧研究社，常常在湖边唱戏，他就想据为己有。这个戏剧社领头的和主要演员不是当地人，是抗战爆发后由流散在大后方的京剧艺人与票友组建的。他找到戏剧社领头的，说要"收编"。戏剧社婉言谢绝，梁就命手下强行要走衣箱和演员，命名为泊湖水警大队游艺组。这个戏剧研究社就解散了。

这个游艺组成了梁金奎及其部下玩乐的工具，经常性组织演出活动，收取演出费用。同时又四处招收演员，招收湖边民间少女，名为培养演员，实则供其玩乐。泊湖边不少贫家少年，为了挣碗饭吃，来到了游艺组。

一天，梁金奎骑着高头大马，来到徐家桥街上，住进了新新旅馆。梁金奎要带他的游艺组来徐家桥唱戏。徐家桥除了天主堂有个宽大的礼堂，没有像样子的室内戏台。但天主堂那是洋人的领地，不敢侵占，最后选定在杨泗庙。

但他们在杨泗庙遭到住持的反对。住持双手合十："我佛门乃清净之地，不惹红尘。"

141

但梁手下的人不理那一套，吼道："水警大队紧急征用，不得阻挠！"

住持无奈，只好"阿弥陀佛"！

梁金奎本占有一妻三妾，但还嫌不足。新新旅馆的老板娘姓金，有个漂亮女儿叫金小兰。金小兰在街上圣公会办的明德学校读书，下午放学回到家里，被梁金奎看见。梁金奎立即被金小兰的美色吸引，起了歹念。他以招收演员为名，第二天强行带走了金小兰，将金小兰占为小妾。

梁金奎貌似和善，心极残暴，有杀人的嗜好，善于"匿怨而友其人"，"杀人不形于色"。他杀人一般选择在五时三刻前执行，错过此时，"犯人"就可免一死。有一次，他的一位四川老乡盗抢老百姓的财物，被告发到梁金奎那里，梁假装惩恶扬善，杀一儆百。他将此人绑在树上，自己去陪人喝酒。席间有做好事的劝梁喝酒，以此故意拖延时间，梁几次拔枪，都被几位先生劝住。五时三刻一到，梁突然起身转到屋后的树旁，"砰砰"两枪将四川老乡击毙。完事后，梁若无其事，照样与人喝酒。

大队副吴钧楷是梁金奎的同乡好友，出川的引路人。一次议事，吴钧楷稍有不满神态，议完事后，梁金奎佯笑送客。等吴钧楷刚转身准备离开时，梁金奎从背后立即拔出手枪，将吴钧楷打死在门外，事后说吴钧楷"谋反"，以此搪塞。

国民党驻军一三八师营长李日华，与梁金奎平常非常友好。梁金奎曾随李日华部在太阳山伏击日军时怯阵不前，梁金奎感觉授人以柄，一直想灭口隐恶。一天，梁金奎邀请李日华到泊湖的一条小船上去，说是煮酒叙旧，李日华满口答应。两人推杯换盏，共叙兄弟情谊。等李日华稍有醉意，谈笑中，梁金奎趁李不注意，突然将李按倒在地，捆绑起来，然后在李的身上系个大石头，将李推入泊湖中淹死，回去后说李日华喝醉了酒，不小心跌入泊湖淹死了。

梁金奎杀人无数，不论是谁，稍有忤逆就杀。他杀人一般都是暴尸荒野或推下湖去喂鱼，留个尸骨给家人埋着还算是"优待"。

湖边渔民对梁金奎和他的水警大队恨之入骨。有一天傍晚，鳌湖嘴一位姓刘的渔民在湖边正要收工的时候，来了两名梁匪，要他划船送他们去对岸的望江徐家滩。这两名梁匪是四川人，说着四川话，背着长枪，渔民不敢违抗，就启船往徐家滩方向划。夜里湖上漆黑，梁匪弄不清方向，渔民划船慢慢调整方向，往王家墩划。梁匪老是询问："到哪里了?""还要多久?"渔民答复："快了，快了。"当船划到王家墩附近的时候，隐约望见湖岸的影子，渔民说："老总，到徐家滩了!"梁匪愉快地下船上岸，渔民用手指了一下方向，叫他们往那儿走。俩人哪里知道，王家墩那里正驻扎着游击纵队的人。他们走着走着发现不对头，立马跑回水边，朝渔船开枪。但这时候船已经早早离岸了。长江游击纵队听见枪声，跑到湖边，将两匪抓获。

有人借《咏蟹》匿名作诗讽刺梁金奎和他的水警大队：

143

草泽横行西复东，

无肠公子亦英雄；

利兵坚甲终难恃，

不出渔人笼箸中。

湖边还暗暗流传起一首歌谣，咒骂梁金奎：

浩瀚泊湖水连天，

引来恶魔梁金奎。

霸占湖区坑百姓，

敲诈商家戏法变。

泊湖子民血泪仇，

祈求上苍斩魔鬼。

●33

这时候，国民党已经在大搞反共摩擦，大肆"进剿"新
四军。

1940 年 10 月，国民党鄂东保安司令程汝怀组织"进剿
军"，对鄂皖边区新四军发动"三月围剿"，也称"百日围剿"，
打算用三个月左右的时间，一举"剿灭"新四军鄂皖边区的武
装力量。新四军豫鄂挺进纵队鄂东独立团在政委张体学、团

长易元鳌率领下被迫东进，12 月到达黄宿边区，与隐蔽活动在黄宿边区一带的新四军江北游击第八大队余部取得联系。

新四军江北游击第八大队余部这时候已经是一支"便衣"队了。1939 年 6 月 15 日，在黄梅县五祖镇刘岳村刘家祠堂宣布成立新四军江北游击第八大队时有五百多人，邹一清任大队长。成立后在太白湖周边日占区开展游击活动，连续多次袭击胡世柏日军据点，军威大震，湖边好多青年农民都去参加游击队。国民党黄梅县长陈宗猷害怕共产党的势力大了，到国民党鄂东保安司令程汝怀那里"告状"，说黄梅县的共产党"叛变造反"。6 月下旬，程汝怀和陈宗猷纠集三千多人，在乌珠尖突然"围剿"刚成立的新四军江北游击第八大队。游击大队奋力抵抗，因寡不敌众，在撤退过程中，指战员吴国珍、刘瑛、汪柱等二十八人被抓。共产党黄梅地下党组织和爱国民主人士於甘侯等多方开展营救，没有效果。8 月12 日，顽固派在乌珠尖用机枪扫射，将他们集体枪杀。这二十八名抗日游击英雄昂首挺立，大义凛然。二十岁的共产党员刘瑛，在刑场上口占一首绝句：

抗日救国赴刑场，
碧血长留日月光。
化着乌珠松与柏，
顶天立地傲风霜！

145

一同赴死的共青团湖北省委书记吴国珍,听后仰天长笑,连声叫好。他们二十八人一齐朝国民党顽固派怒吼:"抗日无罪!""头可断,血可流,誓死抗日不投降!""畜生们,你们开枪吧!"……此事惊动了中共中央中原局,中原局书记刘少奇给党中央报告:国民党顽固分子"围攻我黄梅游击第八大队","枪杀共产党员石莹等及青年学生、农民"。江北第八游击大队严重受挫,黄宿边区的抗日斗争转入低潮。大队长邹一清带领一些战士退到宿黄交界地湖边一带,隐蔽坚持,并不断派人寻找上级党组织和新四军主力部队。正巧,张体学、易元鳌率新四军豫鄂挺进纵队鄂东独立团东进,到达黄宿边区,邹一清正好与他们接上了头。

　　接上头后,月底的一天,鄂东独立团在邹一清江北第八游击大队余部的配合下,埋伏在宿松河西山滴水崖。前往追击的湖北"进剿军"第十七纵队三个支队一千六百多人,浩浩荡荡追到滴水崖,被早已埋伏在这里的鄂东独立团前后夹击,打了个措手不及。顿时,"进剿军"乱作一团,被打得死的死,逃的逃,有生力量大部分被歼灭,余部仓皇逃跑。独立团乘胜追击。

　　战后,独立团打扫战场,整理缴获的武器,并召开会议。会议决定:在鄂皖交界山地与沿江沿湖一带开辟抗日根据地,政委张体学率独立团团部及大部分人员往鄂皖交界山区进发,团长易元鳌率少部分人前往泊湖地区,打前站,在沿湖沿江地区扫清障碍。

146

1941 年 1 月 1 日一早,独立团团长易元鳌率一部分人奔赴泊湖地区。一路寒风冷雨,大家踏着弯曲的小路前进,向东走了五六十余里,下午到达许家岭附近。

这时,队伍前面突然响起激烈的枪声,前面的尖兵与不明武装遭遇。易元鳌迅速指挥队伍寻找有利地形,做好战斗准备。这时候,侧翼也受到早已埋伏的敌军攻击。原来,独立团的队伍在矮脚峦临时休息的时候,被许岭清乡队的人员发现,许岭清乡队迅速出动,前往埋伏,对独立团展开伏击。

易元鳌一挥手:"三连掩护,四连跟我上,消灭他们!"

三连机枪响起,"嗒嗒嗒……"清乡队的枪声被压下去了,渐哑。易元鳌身先士卒,迅疾起身跃出地坝,率四连向侧翼敌人冲锋。这时,敌阵地猛然又射出一排子弹,易元鳌不幸中弹。一颗子弹击中了他的头部,易元鳌壮烈牺牲。

独立团被迫撤出战斗,连夜撤往西北方向,绕道山区回到团部。

● 34

许岭清乡队的主要目标是维护地方安全秩序,肃清盗匪,并借此名义,打击共产党的抗日游击队。一直以来,大赛湖东岸的碎石岭有一个古渡口,向为私人摆渡,每年赶大赛捕鱼时的客流量大,船小,也很不安全。清乡队组建以后,队长汪庆豪将这个古渡口改为义渡,并设了民间性质的义渡局进行管理,船工的工钱由义渡局从各姓氏清明上的租课抽出给付。对此,民间大为称赞,当地有名的塾师汪执中先生还专门为此撰联赞赏:"义建慈航迎过客,渡登彼岸便行人。"

现在,形势发生了变化。以汉奸陈士良为首的伪军和平建国军常常越过竹墩长河,到他的地盘九姑岭、许家岭一带骚扰。他不仅与陈士良为敌,新四军来了,他又和新四军干,也和土顽梁金奎的泊湖水警大队摩擦不断。

汉奸陈士良是地地道道的许家岭人,和汪庆豪都是湖区当地人,但道不同而不相为谋。陈士良以投靠日本人当伪军为荣,汪庆豪视伪军为耻辱。

陈士良在洲区仗着日本人的势,狐假虎威,多次带领日军、伪军,抢劫商店,杀人放火,坏事干尽。这家伙杀人很随意,想杀就杀,不要理由,被他惨杀的群众不计其数,整个洲区,路人见到陈士良都吓得战战兢兢。

一次,一个农民在路上遇见陈士良,因为怕他,就赔个笑脸。陈士良那天似乎很高兴,见路人赔笑,他盯着路人也哈哈大笑。笑过后,就转身举起手枪,将路人一枪毙命。后来人们说:"见到陈士良,他对你笑就不是好事,就是要杀你;如果他的脸是生气的样子,就不碍事,你只要赶快走就行了。"

老百姓都称陈士良为"杀人精"。他自己也知道。

有一次,这家伙又想了个坏点子,化装成讨饭的,到了德化坪,碰见两个老农在地里劳动,就问:"老头,听说这里现在没有日本人了,只有陈士良的部队,是真的吗?陈士良在此地好不好?"两个老头见是个叫花子,就不以为然地说:"这陈士良比日本鬼子还要坏,他真是一个杀人精。"谁知老头的话还没讲完,陈士良就拔出手枪,把这两个老农打死了。

1941年2月3日,陈士良率领"二鬼子"伪和平建国军一个营,同日军小队长大亲带领的一个小队日军一道,浩浩荡荡,连夜一起从复兴乘船,过黄湖,奔袭许家岭。他们一到许家岭就抢就掠,一遇反抗就杀就烧。汪庆豪的清乡队措手不及,仓促出战。日伪军抢得大批财物,边打边撤,连夜上船走湖上撤回。

第二天拂晓,日伪军返回的船队刚刚抵达下仓埠湖畔,就遭到下仓国民党驻军熊焰飞部的猛烈攻击。战斗中,日伪一艘帆船被击沉,淹死了好几人。

他们从许家岭撤退的时候,由于清乡队的追击,天又黑,一名鬼子兵打散后跑丢了。他不熟悉路,只凭着印象往东边跑,跑了很远,都没追上部队,才知道跑错了方向。当到鳖湖嘴一个偏僻的村庄时,天快亮了。他扔掉军衣,躲在一个废弃了的稻草搭起的牛棚里,不敢出来。他在这里待了好几天,没吃没喝,奄奄一息,身上开始生疥疮。一天,被一个好心的姓陈的村民发现,问他话,他哪还敢开口,汉语不会说,日语一说就露馅,就干脆装哑巴。姓陈的村民以为他是要饭的,就救了他,并收留了他,留在家里劳动。由于语言不通,又不熟悉路,他是不敢去找坝头了,所以只能在这里听天由命。人家看他个子大,问他是不是蒙古人,他点头。

这次带头在许家岭成功抢得大批财物后,陈士良深受日本人的赏识。日本驻军派他去日本国"观光学习"两个月。回来后,陈士良死心塌地为日军效忠卖命,打着伪和平建国军的旗号,在洲区统辖南到长江、北到竹墩长河地界,配合日军,打击宿松、望江湖区抗日武装力量。

上次陈士良带日伪军夜袭许家岭,给汪庆豪脸上抹了黑,汪庆豪决心与日伪不共戴天。许家岭至九姑岭一带是汪庆豪的地盘,但日军军需物资通过陈士良到宿松后山、山里收购,要必经九姑岭一带,所以汪庆豪就严管、拦截。

汪庆豪对手下的人说:"中国人在战场上叫正面抗日,在后方限制日军,不配合日军叫间接抗日。如果替日本人办事或提供方便,那叫资日。资日,造一粒子弹到前线就有一个中国人遭枪杀的可能,运皮油就是给日本人在中国横行开方便之门。"

所以,汪庆豪规定:"凡资日的,证据确凿就地枪毙。"

汪庆豪在当地下达此令,触犯了陈士良赚钱和向日本主子献媚的机会。于是,陈士良也下一道命令:"凡山里、后山人,不是因日本人需要的东西而过长河到洲上,抓到就地正法,或报陈士良处理正法。"

一时就形成了以筑墩长河为界的军事防线,实际上就是汪庆豪和陈士良的军事防线。为此,资日与反资日双方死了不少人。

一次,陈士良与人合作,叫人在山里收得皮油千余斤,运到长河准备装船出发,被汪庆豪的东南联防区的队伍发现后,连夜押解到许岭区会。伪军人财两空。

9月的一天,秋高气爽,天高云淡,陈士良带领他的部队在坝头操场上进行掷弹筒实弹演习。演习过程中突然出现了一个哑弹,弹头放进筒子里后,半天不响。陈士良走过去,伸着头看一下,突然"嘭"的一声——风光一时的伪和平建国军少校营长、汉奸陈士良当场被炸死。死的时候,头都被炸没了。

陈士良被炸死的消息传遍十里八乡,人们都说好,说他坏事做尽,是报应,所以死的时候成了无头鬼。

●35

1941年初春,刚过完年,一个自称是泊湖水警大队水警的四川人,过江来到彭泽辰字号,称要找商群商队长。商群手下的人将他绑着来见商群。

他一见到商群就说:"商队长,我叫杨怀西,人家也叫我杨和尚,参加过土地革命。"因为他知道,商群在长江游击纵队时是队长,团岭头事件后到辰字号来了。

商群问:"你找我干什么?"

"梁金奎不是人,我不想在他那里干了,我要加入你们。"

"好啊!热烈欢迎。可是我们这里目前还没有武装,正想建立武装呢!没有人枪,怎么办呢?"商群说。

"我愿意回去活动,到水警大队和郭家桥去,争取带些人枪过来。他们还不知道我到你们这里来了。我是小队长,是梁金奎叫我来彭泽办事的。"

商群立即答复:"好,兄弟!"

杨怀西看起来是一个豪爽之人,络腮胡子。他听到商群称他兄弟,深受感动,就提出要与商群结拜兄弟,商群满口答应。但因为有上次在团岭头四川兵叛乱的教训,商群还是格外小心。经过慎重考虑后,商群做了周密安排。

第二天,商群按照四川人的习惯,举行兄弟结拜仪式。商群命手下人备了酒,到当地群众家买了一只大公鸡,借来一尊香炉。仪式选择在江边的空地上举行,商群号召自己一帮人都来做证,在河边插上一面鲜红的党旗。结拜仪式开始,商群和杨怀西并排跪下。旁边一个人在他俩面前摆上两个碗,里面分别斟上白酒。另一个人手拿公鸡,从腰上拔出匕首,一刀割去鸡头,鲜红的鸡血滴在碗里,透明的酒水变成了殷红的血酒。

杨怀西首先端起血酒,宣誓:"我杨怀西今天和商队长商群结为生死兄弟,上有天,下有地,以后我如有改变,就像这只鸡一样死。"

商群也端起盛满血酒的碗,宣誓道:"我商群今天与杨怀西正是结拜兄弟,同生共死,永远跟着共产党走,抗日杀敌,不成功便成仁。"

两人将血酒一饮而尽,接着,对天三拜,对地三拜,对党

152

旗三拜。

然后,现场宣布成立"建军委员会",由杨怀西担任主任,商群任副主任。

和商群喝了拜把子酒,杨怀西放心了。

一切安排妥当,杨怀西就过江回到泊湖水警大队,在水警大队里秘密地做起工作。可是,没有效果。杨怀西感觉没有兑现诺言,没有完成任务,也担心同事里如果有人向梁金奎告密,自己会死无葬身之地。

杨怀西就利用一个同乡的关系,迅速离开泊湖水警大队,过江到郭家桥去活动。郭家桥有国民党军一四七师一个炮兵连,全是四川兵。这些四川兵正怨声载道,不满国民党军内部的压迫。杨怀西觉得这是一个好机会。

虽然同是四川人,但杨怀西还是很小心。这次他就使了个手腕,说带他们去望江,加入泊湖水警大队,比在这里好,说这次来是受大队长梁金奎的委托,泊湖水警大队也都是四川人。

杨怀西这么一说,这批四川兵就起了心事。排长兼特务长李华庭和班长张少伦等人趁连长和另两个排长睡觉的机会,晚上悄悄把部队全部拉走了,准备渡过长江,到泊湖来加入梁金奎的水警大队。他们随身带上了三门迫击炮、五挺轻机枪、一支手提冲锋枪、八十多支长枪和很多炮弹、子弹。

杨怀西将这一情报迅速报告商群,商群当即在小孤山主持召开会议,分析这支小部队到来后的两种可能性:一种是到宿望湖后独树旗帜,当草头王,或者是被梁金奎收编,继续与人民为敌,这种可能性很大,结果也将极为不利。另一种就是接受共产党的领导,成为一支可贵的抗日武装力量。这种可能性有,但危险性很大,因为目前自己的地方武装力量还很弱小,又在团岭头遭到了重大挫折,血的教训不得不谨慎。而这支国民党的小部队却拥有三门迫击炮、五挺轻机枪、一支手提冲锋枪以及几十支长枪和很多炮弹、子弹,是十分诱人的。但带队的李华庭很反动,他手下还有很多亲信,整个部队没有受过共产党的教育,要收编这样一支部队,显然要担很大的风险。会议决定,通过商群等早前曾和四川部队内部的袍哥会的关系去迎接这支部队,并充分利用国民党军队内部当时流行的"恐日病"这一弱点,首先设计解除其武装,然后再分化瓦解,争取教育过来,把问题解决在江南岸。

当晚,商群带着蒯文金和范忠才两名助手,冒着蒙蒙细雨,来到他的家乡辰字号。辰字号有十几间高大的草房,后面有一小山,叫团山,团山有一条路,直通南冲,处在马垱和彭泽之间,也是郭家桥通往湖区的交通要道。周围虽然是岗哨林立,据点甚多,但由于是湖区抗日武装的发源地,群众基础好,倒是共产党的一块小天地。商群一到辰字号,一面召集附近几个村庄的抗敌十人团开会,布置把辰字号江边的船只全部转移,渡船停止通航三天,且每户准备一套便衣,每个十人团团员要准备对付五六个四川兵;一面杀猪备酒,派出机智勇敢的蒯文金去迎接部队。

蒯文金曾在袍哥会中拜为老小,见到李华庭、张少伦等人后说:"现在长江已被封锁,四周都是鬼子,这几天我们是渡不过去了。"

张少伦是袍哥会中的大哥,在四川兵中极有威信,这次拉出来原是他的主意。现在一听,倒不免担起心来,马上就问:"那怎么办呢?"

蒯文金皱了皱眉头,故意迟疑了一会儿,才说:"办法倒是有,只怕弟兄们不干。"

张少伦一听,急着问:"事到如今,岂有不干之理,你说出来让我们听听。"

蒯文金接着回答:"弟兄们既然来了,我们就要保证弟兄们的安全,现在商老四已在做安排,准备弟兄们到辰字号后,换上便衣,埋藏枪支,分散隐蔽,等待几天,机会一到,就行渡江。"

李华庭一听,眼露凶光,面有怒色,便说:"枪就是命,人怎能离开枪,你们打的好主意。"

蒯文金见李华庭变了脸,反而变得满不在乎,抓住刚才张少伦的话柄接着说:"我原是为了弟兄们的安全,大哥不叫我说我还不想说呢!如今四周都是日本人,弟兄们拉出来是要干一番事业的,一旦被鬼子的密探发觉,老百姓遭难是小事,只怕大家到不了湖区,一个个连性命都保不住。"

李华庭正待分辩,张少伦接过来说:"大家都是弟兄,不必伤了和气,还是待回去后和弟兄们细细商量,从长计议。"

当晚,队伍就跟着蒯文金来到辰字号,在团山上吃了商群备下的酒食,就躲进了南冲。

商群见一计未成,又生一计,第二天,连水都没有送一点到南冲。这些国民党兵在山上又饿又渴。直待天黑,李华庭、张少伦和几个班长才摸索着到辰字号找到商群。商群一边沏茶递烟,一边说:"让弟兄们在山上受苦了,今天一天,日本鬼子在这里'扫荡',汉奸把老百姓统统叫到一起训话,一个不能少,鬼子汉奸刚刚才走啊!"李华庭、张少伦等人饿得两眼发花,周身发软,待到晚饭端上来,狼吞虎咽后,当晚在辰字号宿了一夜。

天一亮,商群就和他们商量,要到江边看看船只,李华庭、张少伦等几人正要看个虚实,于是欣然前往。一到江边,只见江里空荡荡的没有一人一船,岸边是一堆堆被烧焦了的木船,船边是一摊摊未干的血迹。商群感慨地说:"难哪!我真恨不能插翅马上把弟兄们送过江去,现在是实在无法可想啊!若是成天躲在山上,弟兄们又得挨饿,若是住到村里,穿着这黄军装,背着枪跑来跑去,又不保险,兄弟我,真是如坐针毡。"

凑巧,恰在此时,抗敌十人团团员赵传宏赶来报告,说四川兵黄开被宪兵小队长胡海泉抓住了。众人大吃一惊,张少伦更是急得团团转。商群也感到问题严重,心想,如果不把黄开救下,他一到鬼子宪兵队,就要前功尽弃。救下黄开,方能将计就计,因势利导,乘机陈说利害,解除这批四川兵的武装。就叫大家绕道先回南冲,自己大踏步赶回辰字号。

原来,这个黄开也是袍哥会中的拜把兄弟,和张少伦有生死之交。因为昨日一天汤水未进,又不见下山的几个人回来,白白地饿了一天,心里不免担忧,一夜辗转难眠,天还没亮,就受弟兄们的委托,赶到山下来探个虚实。谁知一进辰字号,迎面碰上了胡海泉,被五花大绑。

待商群赶到,人已被押到辰字号村头。黄开见到商群,连叫:"四哥,救我。"说完早已泪流满面。

商群不慌不忙,一把拉住胡海泉,一边递烟,一边问:"还没有吃饭吧?快到我家吃饭。"

胡海泉丈二和尚摸不着头脑,问商群:"黄开是你什么人?"

商群指着黄开对胡海泉说:"他是一四七师开小差的,想做个小生意,被土匪抢了。我当年逃难时他帮过我的忙,很够交情。如今他投奔我来,在这里种几亩薄地。"

胡海泉一听,就说:"既是如此,是弄错了。"又指着黄开训斥,"以后可不能再穿着这黄军装了。"

黄开回到山上,对着张少伦放声大哭,说:"大哥,如果不是商老四,我这条命,就没有了,人家好意救我们,悔不该当初不听他们的话。"

当晚,蒯文金也赶到山上,说日本人搜查得紧,得赶快把武器埋起来,换上便衣。黄开又在一旁催得紧,这些四川兵也都憋着一肚子窝囊气,又饿又冷,要李华庭、张少伦尽快拿主意。

李华庭见众怒难犯,只得答应换上便衣,把武器埋到团山脚下的牛棚里,盖上芦席、稻草和牛屎。事后,这家伙又留了一手,把五挺机枪的抓子钩全部取出米藏到了其他地方,并亲自带着二十个人和蒯文金住在牛棚里,看守那一部分武器。

晚上,商群抓紧机会,一面布置抗敌十人团加倍警戒,分头找那些已经分散在李字号、辰字号等村庄里住宿的四川兵谈心,一面又亲自和范忠才赶到朱家岙,和张少伦交谈。正谈到投机处,李字号十人团团长余传友赶来报告:"梁金奎的副官独眼龙和三名四川兵正要在江边芦苇上点火,被李字号'十人团'活捉,已经押到这里。"

张少伦一听,霍地站起来,马上责问商群:"为何抓我的弟兄?"

商群拍拍张少伦的肩膀,按下他重新坐下,告诉他不必担心,一起审问就知端详。

原来李华庭暗中勾结梁匪,梁匪早已派副官独眼龙潜伏在辰字号附近,又派三个分队带二十只快船在对岸鹅颈湾和张家楼等待,只待今夜辰字号江边火光一起,就赶来接应。李华庭还答应把商群和蒯文金、范忠才一起捉住亲手交给梁金奎,四川兵里如有不服的,就统统杀掉。

张少伦一听大怒,骂一声李华庭"这忘恩负义的贼",就大踏步朝外走去,被商群一把拉住。

张少伦愤愤地说:"我要提着李华庭的脑袋来见你。"

商群微微一笑,接着说:"李华庭带着二十个人在那里,你一个人去,岂不是羊入虎口,自投罗网?"

张少伦这时才清醒过来,急着问:"那怎么办呢?武器全部在他那里。"

商群又一笑了之:"你安心休息,我自有安排。"说罢,和范忠才等人大步向辰字号走去。

李华庭还睡在牛棚里,特别高兴,和蒯文金等人摆起了龙门阵,说什么过江后,商群就当大队长,蒯文金至少也得封个中队长,大家都可以弄个官当当。嘴上这样说,心里却在想,只要把商群等人送到梁金奎手里,定能得到重赏。

正在他想得美滋滋的时候,突然,辰字号村里一片喊声:"日本人来啦!"范忠才气喘吁吁满头大汗赶来报告。

那些四川兵一听拔腿就逃,蒯文金情知是计,带着他们直往南冲跑。

过了好一会儿,辰字号村里又风平浪静。李华庭心中有鬼,担心着这批武器,急着要下山看看,几次都被蒯文金拉住说:"不要因小失大,抓住了不是好玩的。"那些四川兵也被唬得不肯下山,李华庭独角戏难唱,直待到半夜时分才慢慢爬下山来,赶到牛棚一摸,武器不翼而飞。正当惊惶失措、左右张颈的时候,商群的枪口已顶在他的脑门上。

商群当着所有人员的面,宣布李华庭和他一个亲信部下的罪状,决定就地处决。刚宣布完毕,不料,因为捆绑不严,李华庭突然挣脱捆绑绳索,跳到附近的水里去了。大家纷纷朝水里扔石头,结果,李华庭被大家用石头砸死了。那个亲信部下吓得跪地求饶,保住了一条性命。

商群朝大家宣布:"愿意留下来抗日的,我们欢迎;不愿意留下的,可以回家,不得参加伪军、顽军。"大家纷纷举手表示愿意留下。

过了长江,朝霞映在江堤上,商群带着这支小部队,扛着一大批胜利品,行进在广阔的圩堤上。商群将他们顺利带回到宿松湖区,驻扎在王家墩。湖区武装力量又壮大了,共有三百余人,步枪一百余条,手枪二十余支,机枪五挺,迫击炮三门,冲锋枪十多支。

商群带了那么多人和武器来到王家墩,赣北特委接到他们喜出望外,老百姓看到一夜之间突然来了那么多兵,而且还是共产党的兵,感到惊奇!消息不胫而走,远近传说湖区来了"天兵"。

湖区队伍壮大了,很快,赣北特委决定成立宿望湖区独立大队。

初夏的早晨,湖边村庄王家墩,笼罩着薄薄的微雾。太阳刚刚出来,泊湖上吹来的暖风,带着潮湿的凉意。村外平坦的田畴,各色野花都开了,红的、紫的、粉的、黄的;成群的蜜蜂在花丛中忙碌着,辛勤地飞来飞去;青翠欲滴的软柔柔的稻苗,在微风中摇曳,呈现了一片生机。

在王家祠堂大门前的一块开阔地上,三百余人整齐列队

160

在这里，肩背长枪、大刀长矛，机枪大炮摆在队伍的前面，一派威武的场面。附近的老百姓也成群结队，赶来观看热闹。

赣北特委书记黄先站到队伍前面，高声宣布成立宿望湖区独立大队，并宣布任命商群为大队长，特委武装部长刘宗超为副大队长，下辖三个中队。一中队队长由四川人张少伦担任，二中队队长由红军老班长向管昌担任，特务中队队长蒯文金。

独立大队成立了，可是，还没过几天，就有老百姓跑来找到黄书记黄先："你们队伍有人为难我家闺女"、"我家鸭棚昨天少了两只鸭"……

黄先要商群："立即调查，严肃处理！"

黄先知道：这支队伍大多数人是从国民党军一四七师过来的，纪律松散，更谈不上什么觉悟。商群一调查：谁也不承认！

黄先气得拍着桌子对商群说："彻底改造他们！办军事学校，就办在下仓埠街上！"接着又对组织部长张云樵说："老张，你负责，一批一批轮流训！"

下仓埠街上也热闹起来了。

●36

这时，皖南事变后刚刚重建起来的新四军军部决定扩充部队编制，统一组编华中部队为七个师和一个独立旅。其中,转战在武汉外围敌后战场的新四军豫鄂挺进纵队组编为新四军第五师,鄂东独立团组编为四二团,张体学任政委。活动在金塘、洪家墩一带的新四军鄂东独立团曾少怀、桂平的小部队,奉张体学的指示,改编成新四军五师独立第五营,要加紧补充力量。詹大金和严仲怀大力支持。詹大金将原收编的长江游击纵队余部,加上他们自卫队发展的人员,全部交给曾少怀的独立第五营,就连自己未成年的儿子詹炳吉也交给曾少怀,参加新四军。他自己没有加入,只留着二十余人在自卫队,为五营做外围工作,接受五营领导,继续在湖区打游击。太宿联乡办事处撤销的时候,严仲怀就加入了新四军。

组编后的新四军五师独立五营,营长曾少怀,教导员桂平。队伍迅速发展到三百余人,全营三个连,每个连一百余人。全营有长枪一百二十余支,手枪二十余支,机枪三挺。

同时,张体学、赵辛初率四二团一部到达佐坝的洪岭,召集黄宿边区便衣队开会,宣布将黄宿边区便衣队改编成新四军五师独立第四营,由原新四军江北游击第八大队大队长邹一清任营长,王占松任教导员,属中共蕲黄广中心县委领导。

这个黄宿边区便衣队,在龙湖一带活动,也就是严仲怀以前任队长的那支便衣队,后来吸纳了江北游击第八大队一些打散不久又陆续归队的战士,充实力量后,连续行动,先后袭击了黄梅县第三区公所、黄梅县土桥税所和宿松县城关税所等,缴获了一批武器和货币,使便衣队迅速得到补充,顺利组编成独立第四营。

独立第四营在黄宿边区的斗争环境不如第五营在泊湖地区。成立后,他们先做统战工作,在独山蜒螺地,将"汉留大爷"黄海棠的帮会武装收编,改编为第三连,黄海棠任连长。同时分头做好当地国民党乡保政权的工作,争取他们,采取先施软,不行再施硬的办法,利用他们为抗日做一些事。接着,第四营又在龙感湖边设立流动税卡,征收一些行商税,以解决给养问题。

但是,独立第四营在黄宿边区的活动受到日伪军的威胁。白湖渡是黄宿边根据地南北交通要塞,又是控扼太白湖与龙感湖的东西水道咽喉要地。日伪军在那里设有据点,驻有日军的一个小分队和皇协军的一个班。

一天晚上,营长邹一清派出三十名战士,在连长洪忠的带领下,连夜奔往白湖渡,突袭白湖渡日伪军据点。结果全歼日军小分队二十五人,俘虏伪军一个班,缴获步枪六十支,轻机枪二挺,子弹十多箱。第四营无一伤亡。

一天,邹一清又带四营,配合政委张体学、团长熊桐柏率领的第四二团在小溪山设伏,伏击一股五六十名的日军,又获大胜,打死日军四十八人,还俘虏一名。新四军伤亡也近四十人,团长熊桐柏受重伤后不久就牺牲了。这几次战斗,震慑了日伪军,鼓舞了湖区群众,为开创黄宿边根据地新局面打下了基础。

赣北特委在王家墩这边建立宿望湖区独立大队后,为适

163

应根据地发展需要,到6月份又将县级行政机构宿望湖区行政办事处改为长宁行政公署,机关设在滨湖乡金塘的护云庵,乡级政府机构除了原太宿联乡办事处设立的四个乡外,还在沿江洲区成立了边江乡,乡政府设在五大棚沈泽洁开办的学堂。

接着,各乡选举了参议员,召开县参议会。县、乡农民抗敌协会、青年抗敌协会、妇女抗敌协会、儿童团和集镇的工会、商会等抗日群众组织纷纷建立。新四军七师挺进团政委李丰平的爱人文芸任妇抗会主任。各级组织机构在长宁行政公署的领导下,积极开展站岗放哨、防匪防特、努力生产、援军参军活动。妇抗会动员妇女送夫参军,给部队做军鞋、洗衣缝衣、送茶送水。儿童团主要负责站岗放哨、送信,江边儿童团为站岗传信还制作了"消息灯",一有紧张消息就在树上挂上"消息灯"。

长宁行政公署成立后,在水上交通要道长河口西岸老虎湾成立了宿望湖区货物贸易检查所,配备了二十余人的税警队,在昌风嘴、王家墩、下仓埠设分所。他们根据中共华中局颁布的货物征收税率,给坐商发税照,按章收税;行商税主要是征收湖区货物进出税。同时,巡湖部队严厉打击湖匪骚扰,保护商人和商品安全,接送商船,深受群众拥护。沿江大城市的商人到湖区来,都说"到了长河,就像到了家",都自觉按章纳税。

长宁行政公署还在思循小学设有粮栈,备有木板刻印的由单（通知）和粮串（收据），征收适量公粮。另外，还针对不同情况，采取没收、摊派（先给收条，后抵公粮）、现钱购买等方式，筹集粮柴，募捐寒衣、布匹、现金、军衣、军鞋等。

8月，中共鄂皖地委在王家墩成立，李丰平任书记。赣北特委撤销，原特委书记黄先任鄂皖地委副书记。接着，在滨湖乡金塘小肖家嘴的私塾里，黄先主持召开湖区党的负责人会，会上宣布成立中共宿松县委，受中共鄂皖地委直接领导，驻地也设在王家墩。杨达金代理县委书记，米济群、赵连、商群任县委委员。十余天后，沈青之来到宿松湖区，担任县委书记。县委下面成立了洪岭区委、下仓区委、金塘区委、詹峦区委，胡树凡、张殿良、杨明忠、张志祥分别任四区区委书记。全县湖区党员三百多人。中共鄂皖地委成为湖区革命根据地的领导核心。

第九章　挺进泊湖

●37

　　新四军重建后,全军扩编到九万余人。其中,七师活动在皖中无为一带,五师活动在豫鄂边区。为打通七师和五师的战略通道,新四军军部决定将已经挺进大别山区的七师挺进团和活动在鄂皖边区的五师十四旅四二团合并编为一个独立旅,林维先任旅长,张体学任政治委员。

　　1941年4月22日,新四军七师挺进团团长林维先从大别山深山区率领一个通讯分队,来到宿松山区陈汉沟,与新四军五师十四旅四二团政委张体学会合,共同商议两部合编独立旅的事。

　　7月,林维先接到七师师部电令,回到无为县七师师部,向师部汇报了挺进团挺进大别山的情况以及商议合编独立旅的事情。但此时情况发生了变化,挺进团三营营长李德安和教导员李盛才率一个连在江南遭到日军和国民党部队的进攻,与上级失掉联系后,转移到了宿松湖区。师部决定暂不合编独立旅,而是命令林维先和团政委李丰平率挺进团挺进宿太望之间的泊湖地区,同赣北特委及其领导的宿望湖区独立大队会合,开辟和扩大沿长江两岸敌、顽区间的抗日游击根据地。因为泊湖中间有许多小岛,湖汊也多,而且连接长江,隔江就是江西彭泽山区,特别适合游击作战。

挺进团李德安、李盛才他们转到宿松泊湖地区后,与赣北特委和宿望湖区独立大队会合。一开始,两支部队的人互相之间都不认识。会合后不久,他们发现赣北特委和独立大队在闹内部矛盾,特委书记黄先对大队长商群有怀疑,觉得独立大队有些不可靠。因为独立大队主要是杨怀西从国民党一四七师带过来的四川兵,纪律散漫,而且商群有好几个亲戚身份复杂,其中陶太平在望江常备队,高方达曾经在湖区至沿江一带是土匪头子。

李德安、李盛才的人与同在湖区活动的五师独立五营桂平的人熟悉,他们与五营联系得多。根据五营桂平、曾少怀的意见,他们决定合伙一起打筑墩,教训一下那里的国民党顽军。因为筑墩是水路交通要道,国民党一支部队盘踞在那里,是国民党军为了卡住新四军五师黄梅和宿松之间联系的一个据点。五师的人乘船走筑墩过的时候,他们就扫机枪、打炮。

仲夏的湖水满涨,一个月明星稀的夜晚,挺进团一百多人与独立五营二百余人,乘坐七八艘大帆船,从下仓埠出发,连夜乘风开赴筑墩。到达距筑墩不远的一座无名咀,他们悄悄上岸,兵分三路埋伏在筑墩附近,然后派出一支侦察小分队,摸清国民党顽军据点的情况。此时已是凌晨两三点钟,湖边静悄悄,只有如潮的蛙声。偶有几声狗叫声特别刺耳。他们迅速出击,包围了顽军据点。顽军还在睡梦中,听见岗哨放枪,就纷纷起来操起家伙,草草突围。一阵短暂的枪战,很快,除了部分突围,登上岸边船只跑到湖上外,顽军大部分乖乖缴枪。

天刚亮的时候,战士们把刚俘获的国民党顽军副连长带到李德安、李盛才面前。这家伙个头不小,可能是从床上直接爬起来的,还没来得及穿外衣服,打着赤膊穿着短裤,脚下穿着一双拖鞋,别提多狼狈了。可他仍把胸脯挺得高高的,在新四军面前摆出一副军人可杀不可辱的气度。

"哼,这小子是鸭子死了嘴壳硬,表面上顽强,其实只不过是装装样子,虚着哩。"李盛才心里暗暗好笑。

"我虽然被俘,打了败仗,但这并不说明你们共军有多大本事。如果你们不是偷偷摸摸,而是真刀真枪地干,也许……"

"也许打不过你们,是不?"李盛才接过他的话,"是啊,我们是没什么本事,从小在牛背上滚爬,不识几个大字。哪像你,上过学,嘴一张头头是道,军训、操典、正步走样样在行。可是有一点你看到了,我们打胜了。"

李德安插上一句："难道你认为这一仗纯属偶然,或者说让我们钻了空子吗?"

那副连长耷拉着脑袋,很久才说:"我不知道你们会来得这么快,这么神速。"在他看来,这几十里的距离少说也得大半天时间才能赶到,也不可能一点风声不漏,一点消息没有。

"是啊! 你们没想到吧,但我们想到了。战争的诀窍不正是这样吗?"李盛才停了停又继续说,"什么叫'出其不意',什么叫'兵贵神速',我想你不会不清楚吧? 如果你真的不知道,你今天不就亲眼看到并尝到厉害了吗? 你今天不就真正清楚了吗? 行啦! 我们的较量已见分晓了,你服气也好,不服气也罢,事到如今,也无法挽回了。"

这家伙这时才慢慢低下了头去。

新四军速战速决,拔掉了国民党顽军的这颗"钉子"。

天大亮后,他们乘船走湖上返回下仓埠。船队已行到黄湖上,不料被日军的一架巡逻飞机发现。贴着膏药旗的日军飞机在天上盘旋,来回用机枪向新四军船只扫射,幸好没有什么伤亡。早上北风不小,船只满帆航行,很快到达下仓埠岸边,战士们安全上岸。

按照师部的命令,从8月份开始,挺进团七百余人分批挺进泊湖地区。政委李丰平、政治部主任彭胜标、参谋长袁大鹏8月中下旬率领团部机关带电台进入宿松湖区,团长林维先于9月间率三营另一个连最后到达宿松湖区。挺进团人员分别驻扎在九成畈的王家墩、乌龟墩、沈家二房屋,洲上的王家营、李家营、套口,金塘的安岭上一带。团部设在王家墩祠堂里。

●38

刚到湖区,挺进团武器不太充足,除了有长枪几百支、手枪几十支外,只有七挺轻机枪,两门小炮,子弹也不充足。但因为长宁行政公署前期为迎接挺进团到来,做了大量准备工作,征集了不少军粮等物资,军需还是能基本供给。

因为赣北特委领导的宿望湖区独立大队三百余人也在王家墩,为统一军事领导,林维先就计划把独立大队作为一个营编入挺进团,向七师师部报告。

师部不同意——因为前段时间,先头部队到王家墩时,赣北特委与他们领导的宿望湖区独立大队正在闹矛盾。先头部队的人在独立五营桂平那里听詹大金说,商群他们可能要逃跑。为帮助赣北特委解决内部矛盾,一营教导员赖正刚以开会的名义,安排人现场缴了商群和他们特务中队的枪,赣北特委宣布商群的大队长职务由副大队长刘宗超接任。等林维先稍迟到达湖区王家墩后,矛盾就交给团部处理。李丰平、林维先就对商群和独立大队进行了调查,发现商群并没有问题,只是独立大队有些组织纪律方面的问题,加强教育就行,就把枪还给商群。商群觉得委屈,就不接受,一气之下,回江南彭泽重建抗日武装去了。林维先、李丰平狠狠批

170

评了赖正刚。

本来挺进团到湖区来建立根据地,要处理好各方面的关系,然而现在刚到湖区就卷入矛盾中,不利于根据地的建设和发展。七师师部就指示,将独立大队改编为宿望独立团,由副大队长刘宗超任团长,黄先兼任政委,孙冠英任副团长,军事上统一由林维先指挥。

林维先这个人办事干练,对敌手段厉害,人们背地里都称他"林麻子"。

挺进团进入湖区后,即以湖区原有基础为依托,大张旗鼓宣传发动群众,发展抗日武装,打击反动武装,积极开展以巩固和扩大根据地为主的各项斗争。令三营以连为单位,到宿太望湖区外围地区活动,掩护湖区开展工作。一营和宿望独立团主要在湖区附近活动。同时,指示县里成立地方武装。中共宿松县委和长宁行政公署就很快组建了民兵武装组织——宿望湖区人民自卫队,杨庆堂任队长,武装近百人,长枪三十支,手枪一支,还有手榴弹等武器,队部也设在王家墩。杨庆堂自卫队依托各个十人团,专门搜集从下仓埠、洪家岭到许家岭一线的国民党军事情报。

挺进团共有八百多人,加上宿望独立团三百多人,五师独立五营三百多人,还有人民自卫队百余人……一时间,湖边各地都驻扎了新四军,整个湖区成了新四军的天下,群众参加新四军、参加抗日自卫武装的热情迅速高涨。很快,除了杨庆堂的自卫队外,还建立了抗日民众自卫军,自卫军下辖三个大队,其中含一个锄奸行动队。

这个锄奸队是专门针对汉奸的,活动在边江乡,厉害得很。此时,日军对洲区维持会的工作似有不满,准备改组扩展维持会,加强维持会的力量。日伪找到边江乡上新圩劣绅沈少府,叫沈少府出面张罗。

听说沈少府在帮日本人张罗这个事,锄奸队首先在洲区散布消息,向沈少府发出警告,叫他不要为非作歹帮日本人干事,如果认贼作父、帮鬼子干事,自卫军就非揍他不可。

这个沈少府得到日本人的信任,以此为荣,有恃无恐,甘当日本人的走狗,对锄奸队的警告置若罔闻,依仗着日本主子的势力,继续一身劲地张罗。维持会很快就改组了,沈少府任会长。

第三天,锄奸队就星夜赶往上新圩,将沈少府从被窝了拉出来。仅当了三天维持会长的沈少府被一枪毙命。

第二天一早,洲区传开了,沈少府被杀,据说是锄奸队干的,群众都说这是认贼作父的下场。

沈少府被杀后,一些乡绅土豪都不敢给日本人干事了。谁不怕死?给日本人干事,说不准哪天也像沈少府一样呢。有人被日本人逼急了,就当面答应,事后偷偷离开洲区,跑到后山躲避去了。

日本人没办法,就总是叫他们的通事王福全下乡去张罗一些事情。通事就是做翻译的。一天,王福全在边江乡大泽保办事。人们见到王福全来了都敷衍,有的干脆不理。王福全气不过，就仗势欺人，行凶作恶。有群众偷偷报告锄奸队，锄奸队火速赶到大泽保，将王福全抓获，就地镇压。

日军听说他们的翻译官王福全也被杀，气急败坏，火速赶往大泽保。等他们赶到，锄奸队早已经走了，日军气得"哇哩哇哩"叫。

王家营缺保长。人们都知道，这年月，保长不好当，得听从日伪的，给日伪办事，这正是锄奸队打击的对象。锄奸队就指派王家营的十人团秘密团员蒋清炉，暗中打入日伪内部，去当王营保保长。他每次向日伪运送摊派的粮草物资时，都会在暗地里事先通知十人团，告诉锄奸队，以致每次在途中都会遭到锄奸队的伏击拦截。

抗日自卫军锄奸队在边江乡神出鬼没，鬼子总是在得到消息赶到以后，锄奸队的人就跑得无踪影了。抗日自卫军也毫不示弱，专门对付日军。他们暗中活跃在边江乡，伺机打击日军。

机会来了。一天，盘踞彭泽马垱的一小队日军开着一只汽艇过江，到边江乡鹅颈湾抢粮。抗日自卫军游击队迅速出击，日军打不过，只得狼狈逃跑，跑回江边，坐上汽艇窜回马垱。

驻扎在望江一带的梁金奎的水警大队常常到根据地骚扰，找老百姓要税要粮，群众对梁金奎恨之入骨，但敢怒不敢言。自卫军有一个队员名叫黄育全，他利用关系暗中打入梁金奎的水警大队，成了一名水警。他被安排在一个姓肖的排长下面。黄育全故意表现积极,对肖排长言听计从。肖排长是四川人,喜欢喝酒,黄育全故意讨好他,经常请他喝一杯,深得排长的信任。

有一天,他俩又在一起喝酒,喝到兴致上,就互称兄弟了。黄育全故意谦虚说:"您是我的长官,不敢称兄弟!"

肖排长立即表示:"咋不能称兄弟?"

黄育全就提出按照肖排长老家的习俗拜把子。

肖排长当即表示同意:"择日再摆一桌,请全排人做证!"

一日,肖排长这个排被上司安排到边远的一个村子收粮,黄育全就这个机会设下圈套。那天上午,他们一到村子,首先就到保长家里,安排保长去布置各家交粮的事。黄育全对肖排长说:"兄弟你们在这里坐,喝喝茶,我和保长一起去,我是当地人,我讲话村里人都听。"肖排长觉得有道理,就说:"好,还是兄弟能帮我分忧。"黄育全一出门就暗中安排人赶紧去通知自卫大队。回来后,黄育全对肖排长说:"兄弟,粮的事情各家都安排好了,午饭后集中送到这里。"当天中午,他们正在吃饭,自卫大队突然出现,包围了村子。肖排长见此立即组织突围,黄育全巧妙地从背后干掉了肖排长。水警群龙无首,纷纷缴枪。自卫大队轻松地俘虏了全排,搞到了钢枪三十余支。

到冬天的时候,根据地民兵队伍发展到三千人。

王家墩成了整个湖区抗战的领导中心,湖区根据地抗日斗争形势迅速发展。

●39

挺进团进入泊湖地区后,根据地发展很快,力量不断壮大,引起日、伪、顽的恐慌,受到日、伪、顽多方挤压和威胁。日、伪军盘踞望江县城、沿江重要集镇至复兴洲区。国民党清乡队驻许家岭、洪家岭至下仓埠一带。十一游击纵队驻太湖地区。梁金奎的泊湖水警大队驻望江与宿松交界地区。袁国祥的土顽部队驻华阳地区。宿太望三县还有一些常备队。不久,桂系一七六师五二八团也进到太湖地区。

东边长江八宝洲那边,是土顽梁金奎的一个驻点,驻扎着一个大队,曾多次骚扰根据地的游击队,一直是建立泊湖抗日根据地的障碍。挺进团决定攻打八宝洲。

陶太平也对梁金奎的土匪行径看不惯,率部前往参与,协同新四军打击梁金奎部。

初秋的一天夜晚,挺进团三营在团部的直接指挥下,开向八宝洲,拂晓时分,向八宝洲发起了进攻。战斗打响后,顽军自信地从据点冲出,向挺进团三营阵地发动反冲锋。团首长亲自指挥,加强火力,使用"俄国造"机枪开展阻击。

"嗒嗒嗒……""俄国造"吐着火舌,一梭子就是五十发子弹。顽军一听到这种机枪声,知道是碰上了来自皖南的新四军正规部队,就边打边撤,积蓄力量,伺机报复。挺进团乘胜追击,直捣梁匪驻地,将梁匪窝点掀了个底朝天。

陶太平的队伍在侧翼阻击梁匪，缴获了梁匪四支长枪，当时就交给了挺进团三营，说是新四军缺枪，支援一下。

这一仗，挺进团狠狠教训了梁匪，打击了梁金奎的嚣张气焰。

湖区西边，挺进团一营一个连六十多人，由江连长带领，开赴洪家岭，直接击败驻守洪家岭的清乡队一个小队，缴枪十几支，然后驻扎在附近的严家祠堂。严家祠堂在洪家岭附近严家畈屋后的山上，严仲怀家边上，也就是严仲怀他们以前常开会的那个松树林里。离严家祠堂七八里地的八里垅和安岭上一带，也驻有挺进团的人。

溃败的清乡队残余人员被迫逃到许家岭，向清乡队队长汪庆豪报告，说新四军攻击清乡队并占据了洪家岭。

中秋节前的一天，国民党十一游击纵队出动一个连一百多人，由一个姓杨的连长率领，与汪庆豪的许岭清乡队三百余人一起，企图联合进攻严家祠堂。他们星夜从许家岭出发，开赴洪家岭。当时他们除了长短枪人人都有外，还有三挺机枪，三门大炮。

那天天刚亮，三四百国民党兵一大早就集结在洪家岭街上。街上的人都知道严家祠堂里住着一个连的新四军，离这里才一公里多路。担心新四军有危险，人们就假意欢迎挽留国民党军，杀猪摆酒留他们吃饭，故意拖延时间。国民党军依仗自己三四百人，哪还怕新四军区区六十余人？就在洪家岭街上吃起早饭来。

大约九点钟的时候,他们正在吃肉喝酒间,严家祠堂里的新四军迅速赶到洪家岭,发动突然袭击。国民党军还没来得及反应,就仓皇逃跑,往清乡队老巢许家岭跑。

新四军乘胜追击,沿途打死打伤国民党军十余人,其中还有一个排长。他们在逃跑时,抓去了洪家岭的青年群众和帮助新四军办过事的杨亚等九个人。气急败坏之下,第二天国民党军就在许家岭下街头把这九个人枪毙了。

挺进团控制了洪家岭一带。

过了四天,他们重整旗鼓,来报复严家祠堂的新四军。这次出动一个团的兵力,加上汪庆豪的清乡队,总共有千余人,进攻严家祠堂。天还没亮他们就赶到了洪家岭。这次他们接受上次的教训,不吃早饭,立即分兵左、中、右三路,迅速将严家祠堂团团包围,附近的严家畈、马鞍山到处都架了机枪、大炮。一时,机枪大炮一齐响。

严家祠堂里,新四军依然只有六十多人,除了步枪和一些手榴弹外,只有一挺"俄国造"机枪,力量悬殊。看到这种情况,新四军一枪不发。他们只隐蔽在严家祠里吃早饭,把肚子吃得饱饱的,准备打大仗。

严家祠堂有十来间房子,门前有一对石头狮子,前面和两侧是开阔平坦的田畈,后面是山,地势险要。

半个小时后,新四军开始突围。他们突然打开祠堂大门,以门前的石头狮子做掩护,将"俄国造"架在石头狮子上,机枪手跪在地上"嗒嗒嗒……"扫射起来,旁边两个人用力滚动石头狮子,向前推进。同时,其他的人掀开祠堂四角的屋顶,向包围的顽军投掷手榴弹。机枪手的双膝全拖破了,地上都是血。就这样,他们迅速突破了顽军的包围,把队伍拉到了祠堂后面的清明峦、大田铺。

这时候,九成、安岭上的新四军赶到,将顽军前后夹击。局势迅速扭转,新四军乘胜追击。顽军有一个连被新四军追到洋普庵西边的乌汉埠,无路可走,企图涉水过河。因为水深,新四军又在湖边放枪,最后包括连长在内的八十多人,乖乖地举起手,向新四军缴枪投降。一挺机枪、一支手枪、八十多支长枪,全都被新四军收缴。

在敌众我寡的情况下,新四军取得"严祠大捷"。从此,新四军在湖区军威大震,群众都说新四军是"神军"。

驻守许家岭的国民党顽军吓跑了,他们不仅没有夺回洪家岭,而且连自己的老窝许家岭也丢了,被新四军控制了。

●40

入冬后,湖区天气渐渐变冷,挺进团和宿望独立团需要大量过冬的棉衣,县乡各级行政机构和杨庆堂的自卫队加紧帮助征集军需。由于詹大金的自卫队是受五师独立五营的领导,而且人员少、规模小,詹大金就只负责帮助独立五营,导致新四军两支部队在扩军和给养上不协调,产生了矛盾。詹大金和独立五营在湖区活动时间长,群众基础好,可谓地熟人和,武装发展快,给养解决较容易。挺进团来湖区时间短,人员又比五营多,群众对他们暂时还不多了解,在扩军、解决给养上则比较困难。挺进团就怀疑这是詹大金从中挑拨,故意而为。林维先也有狐疑。

9月21日上午,挺进团两名战士过泊湖去执行任务,不巧在湖上遇到梁金奎的水警大队的船只。梁匪就将两名战士逮住,然后抛入湖中淹死了。

到了晚上,两名战士还没有回来。第二天挺进团又派人到湖上、湖边到处找,怎么都找不到。

有人说:"这肯定是詹大金干的!"

"这几天,詹大金的自卫队一直有人在泊湖上巡湖。"

"詹大金就是这样搞地方主义,搞山头主义。"

"詹大金就是湖匪!"

身边的人你一言,我一语,把两名战友失踪的账记在了詹大金的头上。林维先本来就怀疑詹大金,一直窝着气,便也认定是詹大金所为。他立即派人抓捕了詹大金,将詹大金关押在王家墩。

他们几次审查詹大金,詹大金都说不是。王家墩那里全是挺进团和宿望独立团的人,而且绝大多数是外地人,没有人帮他说话,詹大金有理都说不清。五营派来的人为詹大金说理,都被挺进团轰走了。

10月的一天,天气已经比较冷了,树叶开始一片一片地落,仿佛没有完成它的使命,不情愿地、缓缓地飘向大地。挺

179

进团把詹大金从关押的房子里拉出来,五花大绑,带到团部门前的一片柳树林子里,宣布詹大金的罪名:"搞地方主义和山头主义。"

詹大金光着臂膀子,毫不畏惧,大声呼喊"二十年后还是一条好汉"。——一声枪响,詹大金倒地,毕生为湖区人民、为共产党的事业奋斗的詹大金,死在了挺进团的枪口下。

杀了詹大金后,挺进团将詹大金就地埋在这片柳树林边上。独立五营曾少怀、桂平他们怎么也没有想到林维先会下令枪杀詹大金。消息传到独立五营和詹大金的湖区自卫队,大家悲愤欲绝。湖边群众听说林维先、挺进团杀害了詹大金,有的流下了悲伤的眼泪。

五营的战士们一片愤怒,要打王家墩,同七师斗争,被营长曾少怀拦住。为顾全大局,独立五营奉张体学的命令,撤离湖区。

严仲怀看到这种情形,忧心忡忡,同他一起出来革命,一起战斗,一起开辟湖区革命根据地的好战友,十多年出生入死,换来的却是这种结局,就这样被自己人杀,他深感前途莫测。他决定跟随独立五营一起,离开湖区,离开家乡这片热土。

曾少怀、桂平带领独立五营离开下仓埠,先绕道宿松陈汉山区,在朱湾停下来休整。张体学一见到政委桂平,就大发雷霆,朝他拍桌子:"你吃饭是干什么的!

"我派你到宿松湖区,是谁掏心掏肺帮助我们?你不保护好人家!

"我问你,有什么工作做不好？有什么事实说不清？

"你这个政委不称职,从现在起,你不要干了!"

张体学狠狠批评了桂平,桂平被停职检讨。

程家岭的群众听说詹大金被林维先的挺进团杀害了,纷纷为詹大金蒙不白之冤鸣不平,在茶馆里大骂"林麻子""不要他们来程家岭,叫他们滚出泊湖"。有人专门把詹大金的革命事迹编成故事,在程家岭茶馆里"咚咚咚"说起大鼓书。还有人作诗歌颂詹大金:

轰轰烈烈大丈夫,
土地革命先觉醒。
湖区抗战真骁勇,
临死依旧振臂呼。

五营走了,跟随詹大金一起革命多年的泊湖地区人民自卫队的战友们,深感前途渺茫,纷纷含着热泪流落回家。有的人回到家后,被人出卖。他们就不敢留在家中,又纷纷外出谋生。有的人从此再也不敢出头露面了,过着安分守己的生活。还有极个别人向国民党政府"自新"去了。

●41

詹大金事件后不久,林维先在王家墩主持召开宿松湖区根据地党政军负责干部会议,三十多人参加。

林维先首先说:"看现在的形势,我们发展得很快,敌人不高兴了,他们随时会主动找上门来的,特别是周边国民党顽军。所以,我们要先做好准备,在湖区建一批碉堡。"

杨达金在会上提出:"造了碉堡,就必须调主要兵力去驻守,这样势必会削弱根据地的兵力,所以,我觉得还是不造为好。"

黄先等几人都表示赞同杨达金的意见,暂时不造碉堡。

林维先不采纳他们的意见,坚持要造。其他人就不再提了。

最后,会议选在骑龙穴、安岭上、洪家岭、马鞍山、徐家大坞、洋普庵、求雨岭、桃园岭、滴露岭等要地,造碉堡,挖战壕。

会后,由宿松县委和长宁行政公署发动湖区民工近八千人,自卫队民兵组织带头,很快建起了十七座碉堡,挖出战壕一万八千余米。

根据地有了坚固的堡垒,挺进团活动范围不断扩大。为有效打击湖区及其周边地区的敌、伪、顽势力,扩大游击区,挺进团先后派出小股武装,分别到程家岭、高岭、长岭铺、松塘、毛坝、九姑岭、千岭、罗家牌楼、佛座岭、河塌、五谷庙、二郎河、柳树坪、复兴、坝头、程家营等地以及根据地外围的望江、太湖、黄梅,乃至潜山等有关地区,宣传共产党的抗日主张,组织武装群众,捣毁敌、伪、顽军据点,开展对敌作战。

　　一天,国民党宿松县清乡大队大队长李忠言奉命率清乡大队下乡"清乡""剿共"。出发前,三班一个姓朱的士兵因患病不能参加,缺了人,怎么办?中队长郭辅朝命令二十四岁的伙夫袁仲安换上姓朱的军服,顶替上去。不料,队伍开到佐坝金碧岭北边,与新四军挺进团三营九连遭遇,很快接上了火。

　　本来,清乡队就没什么战斗力,伙夫袁仲安更是连枪都摸得少,一时心情特别紧张。当班长命令全班卧倒射击时,袁仲安两腿直打哆嗦,恨不得把脑袋钻进土堆。由于不懂得打枪要领,他随大伙乱放了两发子弹后,新四军的轻机枪开始射击,他就趴在地上不敢动。

　　打了两个小时,清乡队就开始乱了,转身向东逃窜。机枪"嗒嗒嗒",子弹在头顶上飞,袁仲安不想爬起来同他们一起跑。他想,如果这样跑回去,恐怕又会被怀疑通新四军,因为以前有过一次。于是他就跳进一条沟里藏起来。他心里清楚,即便被新四军抓俘虏,也不会被杀头,甚至会受到优待。当新四军追击过来时,他就索性举起双手,把枪交给了一位手持驳壳枪的。后来他才知道拿驳壳枪的就是九连连长胡汉波。胡汉波接过枪,没有管他,继续追击。

　　随着国民党军正规军赶过来支援,新四军被迫撤退,跑步上了金碧岭两边大山。在山腰里，袁仲安赶上了一位当天参加新四军的黄梅人，当时他也是当炊事员，袁仲安就跟着他。晚上，队伍转移到黄梅县境内。

第二天下午，三营营长李德安找袁仲安谈话。李德安态度和蔼，劝袁仲安参军一道抗日。

袁仲安说："我不愿意当兵，想谋个职业。"

李营长说："你现在到哪里去谋职业？李忠言抓住你是要杀你头的。如果你回到洲地，伪军会认为你是李忠言的人，也会要杀你头的。"

袁仲安想了一会，觉得李营长说得有道理，回去已经不是个办法，便答应愿意留下来。

李营长又说："好嘛，你暂时到侦通班工作。我们对你很了解。你当过学徒，开过小铺子，日本鬼子烧了你们的铺子，你是因为没有家，被迫给日本人当苦力，被迫给清乡队当伙夫的。以后营部要单独起伙，你会写会算，到时就留在营部管理伙食。"

李营长的话顿时令袁仲安感到惊讶。他想："他们新四军怎么对我个人经历和家庭情况了解得这么清楚？也许是尹健那个皖江游击队提供的。"

晚上，袁仲安躺下却怎么也睡不着，想到自己的遭遇，暗自流下了眼泪——

他出生在一个普通农民家庭，两岁多父亲病故，五岁时母亲因生活所迫改嫁，他就随年近六旬的祖母生活。他七岁开始帮邻居放牛,后来就在地里干活。十三岁时在大姐和姐夫的支持下他读了一年私塾。十四岁那年夏天,因水灾中途辍学,跟祖母逃荒逃到江西湖口县,祖母帮人做针线活,他帮人放牛。十六岁去都昌县,祖母帮人家打杂,他到杂货铺当学徒。十九岁回到洲头,在大姐那里租了一间房子,做挂面和豆腐,后同姐夫一起开了个杂货铺子。眼看日子渐渐有了眉目,不料,前年春上,铺子被坝头的日本鬼子纵火烧成了一堆废墟。此后他便无安身之地,生活无着,被迫去九江为日本军人当苦力。由于饥寒交迫,加上过度劳累,害了一场大病,差点死了,幸亏得到伯父家哥嫂照顾,才捡回一条命。1940年初冬,他又回到大姐家里。当时有几个日本人住在洲头,收菜籽和芝麻,镇上一些有钱的商人既不敢出面与日本人打交道,同时又害怕日本人报复,就推举袁仲安出来应付这种差事。因为听说他在九江为日本人当过苦力。结果他赚了一些钱,就用这些钱同几位亲友合股开贸易行。1941年1月,行里派他携款四百余元到汇口去买黄豆。到后,他把所携带现款交给一家姓殷的行主,由他转手委托伪警察队李忠言派人到程营收购。没有料到,李忠言带领伪警察队投奔到国民党宿松县政府,改编为国民党宿松县清乡大队,李忠言为大队长。袁仲安闻讯焦急万分,想回行里却无钱还款,去找李忠言又不敢去冒险。这段时间,他曾一度想跳江自尽,后又想冒险去找李忠言。他大姑父帮出主意说:"你去找李忠言时,不要先提买黄豆的事,看他是什么态度,要见机行

185

事。"到后,李忠言根本不提买黄豆的事,却要他暂时留下为他们做饭,在万般无奈的情况下,他被迫留下,当了李忠言的县清乡队伙夫……

现在,袁仲安突然觉得只有参加新四军才是出路。

第二天一早,李营长就叫通讯员送袁仲安到侦通班里。大家看到这个新同志都鼓掌欢迎,全班每个人都送给他一个礼物,其中有牙刷、肥皂、肥皂盒、毛巾、白平布包袱皮,还有一双用旧布条打的新草鞋……接到这些礼物,袁仲安深受感动,眼泪溢出了眼眶,他觉得新四军里这些人都像是自家兄弟。

营部侦通班的主要任务是担任营部的警卫和通讯工作以及外出侦察敌、伪、顽的活动。12月初,班里派袁仲安跟一位侦察员去佘家嘴侦察李忠言清乡队的活动情况。在佘家嘴,袁仲安遇见一位熟悉的商人,知道这个人与李忠言合伙做过生意,他们的关系密切。通过这位商人,袁仲安侦察到李忠言部的一些活动情况,并写了一封信,请这位商人转交李忠言。他在信里主要是劝说李忠言率部投奔新四军,说国民党县政府不发给清乡队粮饷,光靠绑票抢劫过日子没有前途;说即使不投奔新四军,也不要与新四军为敌,应当留一条后路。但那封信是否转到李忠言手里,他不得而知。

……

到此时,在根据地及外围,挺进团先后进行大小三十余次的战斗,捣毁敌、伪、顽据点和区公所、乡公所二十多处,毙、俘敌、顽五百七十余人,缴获机枪两挺、长枪一百九十多支、手枪四支、驳壳枪三支、手榴弹数百枚、子弹数千发,还有大量军用物资。战斗缴获的武器和军需,源源不断地补充了根据地的武装力量。

湖区西至许家岭矮脚峦,东至望江杨湾,东西长几十里,南北宽约五华里的地区以及泊湖大部分水域,均为新四军控制。

第十章　突围

●42

看到湖区根据地又筑碉堡、又挖战壕,范围不断扩大,而且新四军的力量越来越强大,国民党军屡吃败仗,国民政府就开始恐慌了。顽军迅速集结周边武装力量,向根据地靠拢、挤压、进攻。

驻守在根据地外围许家岭、洪家岭一带的是湖区自卫队民兵组织。挺进团做出让自卫队和乡民主政府临时撤退转移的决定。

撤退中,长宁行政公署湖滨乡乡长吴佩剑身患伤寒,高烧不退,组织上就安排自卫队副队长杨国义留下保护吴佩剑,因为他们俩是郎舅关系,杨国义是舅哥。

前几年,吴佩剑到洪家岭任国民政府乡长期间,暗中与共产党湖区人民自卫队联络,就是通过杨国义大妹杨火枝代传情报给杨国义。一来二往,杨火枝爱上了吴佩剑,不久两人就好上了,并怀上了孩子。吴佩剑请大姐吴宜枝到洪家岭,为他们操办了一个简单婚礼,算是给杨火枝一个名分。不久孩子出生,吴宜枝又为他们在洪家岭街上租了房子,请了人照顾。但国民党三天两日上门盘问,他们像是在刀尖上过日子。

吴佩剑有家不能回。11月11日,两人隐蔽留宿在洪家岭东街的一农户家里,被洪家岭的国民党乡长汪兵探得消息,密报深入洪家岭的桂系军。半夜,桂系军包围洪家岭东街,逐家搜查。两人终因难以敌众,双双被捕,被抓到国民党乡政府。国民党桂系军对他们严刑拷打,要他们供出湖区游击队转移地点,两人受尽折磨,誓死不说。国民党顽军见用硬的不行,就来软的,用封官许愿之计企图软化他们,又是落空。

桂系军黔驴技穷,第二天就将他们俩带回许家岭,在许家岭东街碉堡边杀害。一同被杀害的还有五位无辜的群众,这五个人是从二郎河挑炭到许家岭出卖的农民,桂系军怀疑他们是新四军密探。

姐姐吴宜枝见吴佩剑被抓,天不亮就沿小路摸回九姑岭,想托人营救。才到渡船上,就听人说吴佩剑在许家岭东街碉堡边被杀。她急忙返回许家岭,来到东街,发现弟弟果真被枪杀。她强忍悲痛,雇人连夜把弟弟抬回九姑岭,草草安葬在老家郑屋的祖坟山上。

吴宜枝两日两夜水米未沾,回家昏睡两天,醒来与双目

189

失明的娘抱头痛哭,对娘谎称弟弟随共产党队伍开走了,并说:"他讲他一生交给革命了,难活着回来。他过年回不来,要两房另谋生路,我也奈他不何啊!"这样给他娘留下了一线希望,只私底下与大房胡氏讲了真话。不久,两房都表示要跟着大姐吴宜枝过日子,把孩子们带大,不离不弃。吴宜枝就这样把一家三代七口人箍在一起,艰难度日,没有考虑个人问题。

紧接着,12月4日,国民党宿松县长张汉英又亲自带兵到长岭铺"清乡"。在保长会上,安峰保保长供出黄师谷、唐超群、曾绍庚参加新四军。5日,黄师谷、唐超群被清乡队抓捕,6日,就在长岭铺"乡民代表会"上被当众杀害。曾绍庚及时得到消息,跑了,幸免于难。

形势变得紧迫,一直在根据地外围进行游击作战的三营,月底接到团部的命令,要求撤回泊湖地区的洪家岭,准备参加保卫根据地的战斗。于是,九连由陆地步行,营部乘船走水上,分别回到洪家岭。

●43

1942年1月1日,国民党桂系一七六师五二八团全部,十一游击纵队一支队,梁金奎的水警大队三百余人,袁国祥的地方土顽百余人,太宿望三县常备队四百余人,共计三千余兵力,分东、西两路向湖区根据地发起进攻。

他们东路以十一游击纵队、梁金奎、袁国祥部共六百余人，由望江向西进攻王家墩、毕岭一线；西路以五二八团和各县常备队两千五百余人，从宿松向东猛攻许家岭一线。他们实行东西夹击，意欲消灭挺进团和宿望独立团，摧毁湖区抗日根据地。

湖区的新四军挺进团和独立团共一千二百余人，在地方民兵武装力量的配合下，首先在根据地外围展开阻击。挺进团团部从王家墩转移到洪家岭，靠前指挥，林维先在洪家岭下岭头严家祠堂里指挥战斗。

1月1日，驻守在根据地西线许家岭前沿滴露岭的三营七连，在连长彭高林、指导员田仁永的指挥下，做好了战斗准备。

2日一早，田仁永带几个人去察看地形。走不多远，侦察员紧急前来报告："国民党大部队来了，就在前面不远。"

田仁永刚上到一个小山头，就遭遇敌军奔来。田仁永当即命令："开火！截住他们。"

"嗒嗒嗒"枪声响起。顽军前进受阻。

连部听到枪声，很快进入阵地。田仁永他们也撤到部队阵地，与连长彭高林一起，阻击敌人。

一时，阵地上，双方机枪、手榴弹一齐响，战斗立即进入激烈状态。他们看到顽军很多，除了向阵地正面攻击外，还派出兵力从许家岭街南北两沿向阵地后方包抄。双方力量悬殊，情况危险，但彭高林他们没有接到撤退的命令，只能固守阵地。

不久，他们顶不住了，就集中到两个碉堡里。顽军追过来，他们在两个碉堡里顽强抵抗，等待支援部队，互相用火力支援，打退了敌人的几次进攻。顽军几次进攻造成了很大伤亡，就不敢硬性进攻，相持着，将彭高林和田仁永他们围困在两座碉堡里。

桂系五二八团团长周雄率大部队继续向洪家岭方向推进，新四军一路英勇抵抗，在洋普庵一带借助碉堡，猛烈截击。周雄依仗人多，轻视新四军的抵抗，留一部分人在洋普庵，拖住这里的新四军，派大部分人绕道继续向东推进，把战线拉得老长，一直推进到洪家岭附近的徐家大坞。新四军在徐家大坞山上有碉堡，碉堡下面是一道又一道战壕，设置了拦截，卡住了顽军的进攻。

3日一早，周雄在这里亲自指挥，决意突破挺进团防线，直逼洪家岭的指挥部。驻守在徐家大坞碉堡里的挺进团三营九连神枪手高大马子，望见顽军头目露头，就一个瞄准，击中周雄。周雄当场倒地。

顽军被迫停止推进，转攻为守。

这时，七连连长彭高林、指导员田仁永他们还被围困在许家岭前沿滴露岭的两座碉堡里。为支援七连突围，擅长机动作战的九连派出援军，绕道向许家岭方向奔袭。3日下午，九连援军摸到七连碉堡外围，突然向桂系顽军发起猛烈反攻。战斗打到傍晚结束，九连连长胡汉波和几名战士中弹牺牲,但还是没有完成解围。

湖区东线,独立团和挺进团部分人员,在王家墩、沈家二房屋一带英勇阻击顽军,战斗一直处于有利形势。

战斗头三天,东西两线无数次击退顽军的进攻,共打死打伤顽军二百五十余人,缴枪数十支,新四军只伤亡二三十人。

但顽军人数占优势,人越打越多。到1月4日,顽军的包围圈逐渐缩小,西线主战场转移到洪家岭,战斗进入白热化,情况越来越不利。

挺进团指挥部就在离洪家岭不远的严家祠堂。林维先通过电台向鄂皖地委报告战斗形势,地委立即指示七师、五师派出增援部队,火速赶往宿松湖区支援,指示林维先再坚持三天,并告知援军将到。挺进团继续坚守阵地。

七师派出两个团的增援部队,行至桐城青草隔,突然遭到国民党军四个团的阻击。五师派出的两个团,也被国民党军三个团阻挡。湖区战斗异常激烈。

在东线,1月5日,独立团集中优势兵力,进攻顽军临时驻点二房屋。独立团团长刘宗超既当指挥员又当战斗员,身先士卒,冲锋陷阵,在二房屋边上杨家岭的田垄里同顽军激战。因地形不利,未能攻下,刘宗超不幸中弹,壮烈牺牲。

阵地前,副团长孙冠英临危受命,代理团长,指挥战斗。战斗异常惨烈,不到三个小时,孙冠英也英勇牺牲。

西线战场,顽军步步为营,节节推进。到7日清晨,逼近

193

指挥部严家祠堂了,团部被迫后撤。阻击中,团长林维先的帽子被子弹打穿,幸未受伤。机枪班长受伤后,政治部主任彭胜标冲上去就端起机枪,一边扫射,一边后撤,退到安全地带。第一营凭借碉堡战壕,又激战了一天,有效地阻止了顽军向东南的推进。

战斗打到7日晚,顽军继续增兵,新四军两支援军一路受阻。8日,顽军突破根据地防线,东线占领王家墩,西线占领许家岭和洪家岭一带。此时,挺进团三营七连一个排和连长彭高林、指导员田仁永依然被顽军围困在许家岭前沿滴露岭的碉堡里。

敌我力量悬殊,挺进团和独立团已经陷入孤立无援境地,情况十分危急,被迫撤出战斗,开始突围。他们决定:地方党政机关部分人员分散转移到江南彭泽坚持斗争,挺进团和独立团向桐西地区转移。

东线突围的时候,新四军考虑陶太平以前有革命倾向,是商群的亲戚,而且他的常备队在湖区也没有跟共产党结过怨,就选择走陶太平的防区老鸦滩撤退,留一个班掩护。陶太平为了避免自己的队伍与新四军激战,果然也留了个心眼,故意令他的队伍让开了一条路。新四军顺利撤出湖区。

8日夜晚,西线部队趁着夜色从下仓埠乘船,走黄湖往南岸的复兴地域转移,拂晓时分顺利登陆黄湖南岸。然后,大部队走套口上江堤,向北经华阳朝望江县的太阳山行进,计划绕道怀宁石牌,到达桐西地区。中午时分,一营遭遇望江县常备队,发生交火,战斗只持续了五分钟左右,就将敌人击溃,抓了几个俘虏,缴了几条枪,部队继续前行。到傍晚,团部命令原地休息,轻装,拆除棉衣棉被里的棉絮,互相检查背包,凡是不急用的物品一律清除,就地处理。时值数九寒冬,部队当晚就宿营在此地,第二天早上,继续向怀宁石牌方向前进。

部队突围后,有的被冲散了,到达七师时,只剩下三百余人。

大部队在8日夜晚转移时,彭高林、田仁永的七连还被围困在滴露岭的碉堡里。当晚,彭高林、田仁永带领战士们趁着夜幕的掩护,从事先挖好的地道里冲出碉堡,突然发起反击突围。敌人一时还没反应过来,他们就冲到了敌人的后边,很快摆脱了敌人。但他们与挺进团大部队失去了联系,从许家岭突围后,连夜往西撤到太宿山区何家岭祝冲一带。

东线突围的时候,新四军好多人被打散了,有十九个人从望江方向撤退的时候,被陶太平的手下缴械,送到望江县政府。陶太平对望江县长漆仍素说:"他们本来是普通老百姓,是受新四军蛊惑的。"建议县政府把他们放掉。他回去后,背地里又通知被捕的人:"赶快请人保释!"漆县长明知陶太平是为新四军解围,无奈陶太平兵权在握,只好顺水推舟,将这批落单的新四军战士放了。

这次战役,新四军伤亡一百六十多人,顽军伤亡近千人。战斗结束后,当地群众冒着生命危险,利用晚上,悄悄掩埋了烈士的遗体。

● 44

新四军撤离根据地后,梁金奎的泊湖水警大队同国民党
十一游击纵队和地方土顽袁国祥部共五百余兵,在根据地王
家墩一带,杀人放火,强奸掳掠,尤以梁金奎的兵为最。老百
姓拖家带小纷纷外逃"躲反",有的投亲靠友,有的讨饭流落
他乡,来不及跑掉的统统被抓住。顽军特别是梁金奎部,提
出"柴草过火烧,石头砍三刀","破衣破服伢垫窝,脚带膝裤
不怕多"的口号,残酷洗劫根据地。一连十几天弄得老百姓
日夜不能归家,村庄所有的粮食、财物悉数被抢光。光是王
家墩,共六十三家三百多人,被抢去粮食六百余担、猪六十多
头、牛十二头,烧掉房屋九间,衣物、被褥等不计其数。

村子里没有跑掉的大多是老人、妇女和孩子。王火球七
十岁的老母亲,因为哀求他们留点口粮下来,抱住一名顽匪
的腿,被顽匪枪杀。杨甲楼往地窖里藏点粮食,被发现后,他
们将杨甲楼活活打死。沈杨生因为阻止他们牵猪,当场被一
枪毙命。农妇王怀枝、王保妹、杨林生等十几人被他们强
奸……

在洗劫了根据地十几天后,"十一游"和袁国祥部就撤
走,梁金奎留下一部分人。走的时候,梁金奎的人不忘将未
出嫁的闺女王的英、王的妹堂姊妹抢走,带到望江去,而后下

196

落不明。

梁金奎的泊湖水警大队留下杨梅滨部一个中队一百余人,驻扎在王家墩。他们害怕新四军再打回来,就强拉民夫,在沿湖大肆建造碉堡,挖战壕。

湖区根据地民不聊生,湖边群众与梁金奎结下了生死仇恨。一天夜里,在湖上劳碌了一天的渔民沈卯开正准备收工回家休息,一名持枪的警匪来到湖边,逼迫他开船载他去望江。沈卯开没办法,只能忍气吞声地答应,不得不又拖着疲惫的身体开船。这是一个晴朗的夜,湖上静悄悄,月亮出奇地亮。船划到湖中,那名警匪突然从船舱里出来,干脆坐到船舱的篾顶子上面去,欣赏湖上的月色。枪是直着放在手边,嘴里还哼着歌,一副惬意的样子。沈卯开气得直咬牙,决心乘机干掉这名警匪。他一边划船一边故意找由头和警匪说着话,然后趁着警匪不注意,猛地拿起身边一把竹刀,一下就将警匪砍到湖里去了。由于天气还比较冷,穿了棉衣,警匪在水里一时半会沉不下去,拼命挣扎着,抓住船舷。这时,沈卯开又举起竹刀,再次朝警匪抓住船舷的手狠狠砍下去,警匪"啊"的一声,手被砍断,整个人就沉到水里去了。

部队撤离湖区的头一天,中共鄂皖地委书记、七师挺进团政委李丰平找到宿松县委书记沈青之和长宁行政公署主任米济群等人,指示他们继续留在根据地坚持工作,并将中共宿松县委改为中共边江临时工委,沈青之任书记,米济群、杨达金为委员,转移到江边一带坚持斗争,将战斗伤员和病

197

号撤到日伪占领区附近隐蔽治疗。

转移到边江地区后,七八十个伤病员全部由十人团负责,化整为零,一个个就地安置,化装成老百姓,分散到当地群众家中,由军医崔炼成负责给他们治伤、疗养恢复。

泊湖地区抗日根据地被敌顽占领后,斗争转入地下,重点转移到了日伪控制区边沿的复兴边江地区以及黄宿边区的龙感湖一带去了。国民党对泊湖地区实行残暴统治,梁金奎、汪庆豪、桂系等所属警匪、兵匪横行,到处搜捕共产党员、游击队员、新四军流失人员以及进步群众。城隍嘴杨家田屋的农民杨大毛,到洪家岭去修犁头,在东街下岭头被桂系军拦住盘查,先是看看他的手,然后拉开他的衣服看看他的肩膀,发现他肩膀结实,有老茧,怀疑他扛过枪、干过游击队或者新四军,当场就将他残酷杀害。

中共边江临时工委沈青之、米济群、杨达金他们转移到复兴沦陷区附近的江边乡后,及时组织了三支小游击队。沈青之带一支负责全面工作,米济群带一支专门保护伤病员,杨达金带一支宣传群众,打探敌情。但是,梁金奎的人到处洗劫,他们感到不安全。况且这么多伤病员,时间一长,药品就紧缺。

2月19日,军医崔炼成到复兴去买药,途中,被"二鬼子"伪军抓捕。"二鬼子"将崔炼成交给日本人。日本人对崔炼成严刑拷打,要他交出新四军伤病员的隐藏地点。崔炼成受不了酷刑,变节出卖了新四军伤病员的安置情况。十人团得知这一情况后,紧急向边江临时工委报告。临时工委立即决定,沈青之、米济群连夜将这七十多名伤病员全部带过江,转移到江南彭泽辰字号去,并与商群他们接头,留杨达金等一批党员和游击队一起继续坚持在湖区活动。

第二天一早,日伪军到边江地区搜寻新四军伤病员,扑了个空,气得吹胡子瞪眼。

杨达金他们在湖区与七师师部和鄂皖地委联系极不方便,就设法与驻扎在黄梅下新的黄宿边区工委联系,找到了原五师独立五营教导员桂平。桂平这时候已在黄宿边区工委当书记。

五师独立五营因为詹大金的事情撤离泊湖地区后,绕道陈汉山区,在朱湾休整个把月后,走鄂东转移到了黄宿边区,到一衣带水的龙感湖地区这边来了。来了后即按照五师十四旅政委张体学指示,和邹一清的独立第四营合编为第十四旅独立团。邹一清任团长,郑重任政委,曾少怀任参谋长,全团七百余人。同时,在这里成立中共黄宿边区工委,黄宿边军政联合办事处,驻地设在黄梅下新。桂平因为没保护好詹大金,有责任,被张体学安排到黄宿边区改做地方工作,当了黄宿边区工委书记。

严仲怀随独立五营也来到了这里,被安排任黄宿边军政联合办事处主任,兼黄宿边区贸易统制分局局长,主管税收。

不久,独立团的番号又改为第五师第四军分区挺进十八团。奉五师师长李先念指示,主要担负挺进皖西、江南,打通与新四军军部和第七师交通线路任务。

　　杨达金回来后,按照桂平的指示,加强宿松湖区党的领导,更好地坚持湖区抗日斗争,在复兴成立了中共五大棚特别区委。石玉书任区委书记。石玉书是小孤山套口人,1938年参加游击队,由于少年时有一次到刘家新沟去采摘蒿粑,不幸跌断左手,无钱医治导致左手残疾。杨达金和胡树凡分别担任组织委员、财经委员。区委下辖三个党小组,共有五十余名党员,分布在詹家峦、王家营、李家营、鹅颈湾、蒋家营、周家湾一带,继续领导湖区群众的抗日斗争。

　　日伪逐渐掌握了复兴沿江一带小游击队的情报,2月19日,伪和平建国军深夜包围詹家峦,搜查游击队,敲诈勒索,烧毁民房,只要是年轻力壮的都抓起来,搞得一夜鸡犬不宁。第二天,他们把张寿南、石月楼等七十余名青年捆绑着带回坝头驻地,用酷刑折磨他们,后又以每人四百元的赎金放回。

　　为团结群众,树立游击队在沿江青年中的威信,游击队决定主动出击,打击这些"二鬼子"。

　　一天,一名进步青年找到游击队,说伪和平建国军一支小分队正在小孤山一带活动。游击队得到消息,迅速出击。

　　"这帮狗腿子,汉奸卖国贼,帮鬼子干坏事!"

　　"他们仗着主子的势力,今天非惩罚一下这帮狗日的不可!"

　　一路上,游击队员你一言我一语。

　　走到套口附近的村庄,游击队打听到伪军十几个人在套口街上,正集中围坐在一户人家的门口喝茶。

年龄最大已经四十出头的老游击队员吴有福对大家说:"不要鲁莽,我有办法!"

说完,吴有福把自己身上故意弄脏些,把一只裤脚卷起来,装作老实巴交的农民,叫大家迂回到屋后,伺机出击。

吴有福捧着个黄烟筒,不慌不忙地走过去。

那位看上去就像小头目的伪军问:"干什么?"

"老总,你们是来找游击队的吧?"

他们以为是旁边的农民,那位小队长就说:"游击队再敢露面,我王某人一定设宴招待。"

当伪军们都把目光集中到吴有福身上时,屋后的游击队突然出现,将伪军团团围住,端着枪,一起大喊:"不准动!把枪放下!谁动打死谁!"

伪军措手不及,乖乖地缴枪。

游击队巧妙地俘虏了这支伪军小分队,夺取了十多条枪支,然后带着缴获的枪支,又分散消失得无影无踪。

坝头的伪军想报复,却找不到游击队的影子。但因为有叛徒告密,伪军知道枪支已转移到区委书记石玉书家中,就派一批人跑到石玉书家中,抓捕石玉书。但石玉书早已离开,枪支也早已转走。伪军在石玉书家挖地三尺,也一无所获,恼羞成怒,就烧掉了石玉书家的房子,灰溜溜地走了。

●45

严仲怀在黄宿边区工委和军政联合办事处的领导下,一边领导税收,一边探察敌情,向群众宣传抗日民族统一战线,神出鬼没地战斗在龙感湖一带。

1942 年春,龙感湖上人心稍定,日伪的气势有所收敛。严仲怀加紧组织税收,保证部队给养,经常乘船到湖上检查税收情况。这里靠近九江,进出口货物较多,因此税收项目重点是行商税。按照贸易统制总局的规定,凡民用物资税率较轻,凡运往敌占区的货物税率较重,军用物资一律不准出口。这些规定对抗战有利,对群众有利,可以保证行商安全,商人十分拥护。

贸易统制分局设在刘圩和梅家花屋,管理整个黄宿边区税收。由于地域大,税点多,严仲怀常常日夜不分到湖上巡查。他得了严重伤寒,病了七八天,每天都还要照常乘船到各处检查。想起自己的家仇国恨,病中,他在湖上作诗明志:

> 为申国恨与家仇,
> 愿驾长风破浪舟。
> 男儿爱国谁不死,
> 留取丹心照碧流。

1942 年底,严仲怀又兼任黄宿边游击大队大队长。黄宿边游击大队任务是在龙感湖畔黄宿边区开展便衣游击战,打击日、伪、顽,保卫根据地。

自从跟随五师独立五营离开下仓埠后,其间除了知道国民党"围剿"泊湖根据地,七师挺进团被迫撤离湖区外,严仲怀一直不是十分清楚下仓埠那边的情况。他的通讯员胡的毛是一个十七八岁的小伙子,下仓埠人。他就派胡的毛回一趟家,到下仓埠去了解一下泊湖那边的情况。但胡的毛回下仓埠后,就一直没有回来,也没有消息。

严仲怀正纳闷的时候,一个陌生的小伙子找到他,也只有十七八岁:"你是严仲怀严队长吗?我是金塘的人,我姓杨。"

"你找我有什么事吗?"

"我以前是儿童团的,家里人让我去'自新',我跑出来了,听说你在这边,我就过来找你,我想加入你们。"

严仲怀立即说:"好呀,说说家那边的情况。"

小杨就把下仓埠、洪家岭那边的情况一五一十地告诉严仲怀,还说出了杨庆堂等好多党员的名字。严仲怀确信他曾经是金塘儿童团的,又问他:"你知道下仓埠胡文昌这个人吗?"

"知道,"小杨说,"他儿子胡的毛在外面好久了,前不久一到家,就被家里人逼到乡公所'自首'了。"

严仲怀才恍然大悟,知道通讯员小胡没有出事。

小杨名叫杨贵仁,他说:"我先是听说游击队在太湖山里,就坐船跑到太湖徐家桥去了。刚到徐家桥就听说这几天日本人正在太湖到处杀人放火。"

他又说:"前几天,一架日军飞机从南京飞往汉口,在凉亭河被广西兵高炮打下来了,飞机最后坠毁在荆竹冲孙家湾。据说飞机上全是日军大官,上十个,还有一个将军叫什么冢田攻。"

小杨还说:"日军在太湖杀了四五千人,都是老百姓。我就又回家,听说你在黄梅这边,就到这边来了。"

严仲怀随即向黄宿边区工委书记桂平报告这个情况,得到证实。严仲怀觉得这个小杨人很机灵,儿童团出身,很可靠,就收下小杨,并留在身边做通讯员。

严仲怀离开家后,国民党洪家岭地方当局到严家小屋封了他的家门,逼得他的妻儿到处流浪,有家不能归。

1943年中秋节前后,严家畈大地主严幼岚突然找到严仲怀妻子说:"你家仲怀在龙感湖那边,还是干同样的事。"

他妻子眼睛一亮:"老先生知道?"

严幼岚说:"你去叫他回来吧,只要不再干共产党的事情,我去担保他。"

一天,他妻子带着九岁的儿子严栋奇,走下仓埠乘船,偷偷来到黄梅下新,找到严仲怀。

在梅家花屋,严仲怀看着他们娘俩,心情十分难过。他知道,自古忠孝不能两全。

他们在梅家花屋随严仲怀住了五天。这时候,黄梅县自卫大队正进攻湖区,形势很紧张,严仲怀不得不安排他们娘俩回家。妻子很担心严仲怀的安全,临别前的那天晚上,等孩子睡了,在油灯下含着泪对严仲怀说:"你还是早点回去吧。"

严仲怀说:"干了这么多年革命,我是回不去了。"

爱人说:"严幼岚老先生讲了,你回去,只要不再干共产党的事,不要再挑起大家抗租抗税,保你没事。"

严仲怀先是一笑,然后说:"你不要信严幼岚的话,我这一生革命不成功,儿子孙子也要革命成功。宁可为革命而死,决不中途回家。"

妻子低下头,没有回答,只是默默地流着泪。

严仲怀感觉话重了,放缓了语气低声说:"何况国难当头啊,日本鬼子还没赶走,哪有自己的家啊?"

第二天,爱人牵着幼小的孩子,背着包袱,离开了梅家花屋,回家。

望着妻儿离去的背影,严仲怀心情久久不能平静……

几天后,国民党黄梅自卫大队被击退,龙湖上恢复了平静,白天仍然舟帆进出,并无任何异常迹象。天黑以后,严仲怀带领通讯员小杨和会计汪伯龙,从东关下地,到佘镇汪伯龙家。吃过晚饭后,他们驾着一条船,划到对面的段窑后湖边停泊歇夜,准备第二天起早查税。由于连续作战,疲劳过度,严仲怀倒在船舱里就睡着了。不料,另一股顽军勾结汉奸,扮作贩米行商,乘坐七八条船,故意在拂晓时从严仲怀的船边掠过。通讯员小杨发现,当即朝他们船队喊话:"你们是做什么的?"

他们答复:"我们贩米的。"

小杨就说:"靠岸检查。"

对方不理,继续往前开。小杨便朝天开了枪。

严仲怀听见枪声猛然醒来,刚出船舱,敌人的机枪就"嗒嗒嗒"扫过来了。严仲怀、小杨、汪伯龙三人被机枪射中,壮烈牺牲。

第十一章　使命与光荣

●46

　　七师挺进团被迫离开湖区根据地后,新四军军部并没有放弃宿松泊湖地区。1942 年 5 月,新四军参谋长赖传珠给中共中央报告:"泊湖区以宿望太潜怀间的泊湖为中心,自'清剿'后为桂顽控制,我挺进团待整训后准备向西北恢复该地区活动,保持与五师战略联系。"

　　边江临时工委沈青之、米济群一帮人转到江南彭泽后,与商群联系上,又开始搞枪。他们先在望江买到一挺七七式机枪,不久趁机缴获了川军一个班的武器。年底的一天,他们又借机利用当地红帮二十多人,联合消灭了一支顽匪十一人,搞到慢机枪两挺。得到一批武器后,他们伺机再次向江北宿松湖区发展。

　　此时的江北宿松湖区抗战力量削弱,日伪势力横行,特别是洲区。长江和后湖上,日伪军的汽艇插着膏药旗大摇大摆来来往往,梁匪尽量不去招惹日伪军,即使井水犯了河水也相安无事。

初秋的一天中午,许家岭洋普庵下的青年许新甫同几位套口的同学上小孤山玩。玩兴正浓的时候,他们看见一艘日本军艇经小孤山向上游行进,膏药旗在长江上空飘着格外刺眼。曾经当过新四军的许新甫十分恼火,立即从当税干的同学身上拿出一支手枪:"狗日的鬼子,在老子国土上耀武扬威!""啪"的一枪,将军艇上的膏药旗击落,倒在江面上,随水漂去。

顿时,军艇上的鬼子用机枪向小孤山上一阵乱射。许新甫迅速躲到一块崖石后面,用手枪还击。这时候的长江水位高,水流急,鬼子军艇无法靠岸,只好灰溜溜地开走了。

许新甫离开小孤山时,为避免牵连当地同学,他在小孤山下对周围的人大声喊道:"如果鬼子来找,就说是许家岭洋普庵下的许新甫干的。"

老百姓都知道,鬼子有一个突出的特点,就是报复心极强。有人敢这样袭扰他们,他们肯定会回来找事的。果然,等鬼子军艇停靠复兴后,他们就急忙组织约一个中队的日伪军,驱车跨马,飞奔小孤山。这时候已经是下午,许新甫他们早就走了。日伪军四处搜查,没找到,又转回复兴。

许新甫本来就参加过新四军。他原本在安庆六邑中学念书,日寇飞机经常轰炸安庆,学校被迫迁到了潜山。潜山附近天柱山脚下的野人寨就有新四军游击队活动,他和另外三个同学相约参加了新四军游击队。不久被安排回宿松山区,任皖鄂边区长溪山游击大队一中队中队长。不久前的 7 月份,他们长溪山游击大队在湖北蕲春县城同日军进行激战的时候,部队伤亡惨重。他突出重围,趁黑夜游过沙河与部队失散了,在山里找了三天,都没找到部队,只得独自一个人,走黄梅下新乘船回家。

这次在小孤山,许新甫感觉出了一口恶气。当天晚上他回到家,刚躺下,思前想后感觉好像不踏实,就又起来,到村子里德高望重的朱先生家。朱先生行医,在洋普庵一带很有名望。许新甫向朱先生说明情况,朱先生叫他不要回家,晚上暂时到山上洋普庵里住一晚,还叮嘱周围人家保密。

果然,第二天一早,复兴日伪来了一小队人马,到洋普庵抓人。朱先生得知消息,立即派人上山到庵里去告诉许新甫。许新甫立马机智地穿上和尚的衣服,手往锅灶里一伸,然后往脸上一抹,抹了一脸锅灰,挑一担水桶下山。半路上,迎头碰上日伪人马。伪军问他:"许新甫在山上不?"他不惊不慌,沉着应声:"在上面。"日伪军蜂拥上山搜查,许新甫机智脱险。

●47

1943 年 3 月,中共黄宿边工委派詹润民率十五人的武工队,往沿江南岸的湖口县开展抗日活动,建立赣北抗日根据地,以使鄂皖赣边连成一体,为新四军五师、七师打开一条通道,并向宿松湖区恢复发展。

9月24日,新四军军部给五师、七师转发中共华中局战略联系指示电:"利用敌顽矛盾,在沿江敌后地区积极开展工作,尤其是宿松东西湖泊地区,求得生存立足,建立游击基地,望能将此战略联系保障不中断。"并指出:"目前五师四分区部队应向宿松湖区发展,恢复湖区工作,七师亦同时向湖区发展,不仅在军事上,而且在地方工作上亦能打通取得联系。"

这时候,隐蔽在宿松湖区边江的杨达金的小游击队,神出鬼没地活动在复兴詹峦一带,也伺机与江南的抗日组织联系。

一天,一股日军从彭泽县城过江来詹家峦骚扰,其中一名日军在江边洗澡,被杨达金的游击队班长汪和兴和队员丁祖忠发现。汪和兴和丁祖忠隐蔽在江堤边,瞄准鬼子"砰"的一枪,鬼子当场毙命。一连几天,驻彭泽县的日军多次来詹峦寻找游击队,都没有发现游击队的蛛丝马迹。

几天后,一架日军飞机从武汉沿长江往东飞,飞到八宝洲上空时,遭到国民党空军地面部队打击。日机被击落,飞行员跳伞逃命,掉进了长江。鬼子飞行员游到宿松小孤山九条路附近,被正在割草的游击队员姚老别和张澄清发现。姚老别和张澄清赶过去,正准备将鬼子活捉,鬼子开枪自杀。

之后,凡小股日军下村都提心吊胆,不敢横行。

到年底,新四军五师挺进十八团政委郑重率一连和教导队,从七师驻地无为县来到彭泽边江和宿松湖区。

一个温暖的午后,郑重登上小孤山,望着对岸江南彭泽的日军驻地,目光扫过洒满阳光的江面,眼里闪烁着金色的流光。郑重发出激情的感叹:"中华多难,遍地烽烟;我军如斯,中流砥柱。"

十八团的战士们当即将此刻在小孤山陡峭的石壁上。他们要在这里发展边江湖区党组织,重点打击顽敌,恢复重建抗日根据地。

几天后,副团长张海彪和团参谋长曾少怀又率两个连到达。很快,全团部队全部来到了彭泽和宿松湖区。

这个冬天,挺进十八团真是风雪兼程,千里奔驰。他们是受鄂豫边区党委和五师首长之命,负责打通与七师联系的交通线。他们途经蕲东大别山,穿越国民党和日伪统治区,昼伏夜行,历时二十余天,胜利到达皖中地区领导机关和七师师部所在地无为县严家桥,与七师接上关系。稍事休整,又马不停蹄奔赴江南彭泽边江和宿松湖区,恢复组织,重建根据地。

1944年2月,中共边江工委在彭泽成立,简称大工委,郑重任书记。随后,大工委下属的中共彭湖工委和中共宿彭工委分别在沿江江南和江北成立。商群任彭湖工委书记,在沿江江南重建武装力量,建立根据地。宿彭工委在宿松湖区江边成立,杨光明任书记,杨达金任副书记,石玉书、胡树凡、杨庆堂、沈泽洁等为委员,下辖五大棚、王营和彭泽辰字号三个区委。

这时候,宿松湖区抗日根据地的中心,由原来的王家墩、乌龟墩一带,转移到了复兴江边五大棚一带,在宿彭工委领导下,恢复开展各项抗日活动。

宿彭工委成立后,工委委员沈泽洁在五斗上新圩贺继明家召集开会,恢复了原来的边江乡行政机构,改成边江区团,下设五个分团,下面又建立边江合作社,取代粮行、税所,管理根据地财经。

根据地党工委和行政机构成立后,杨光明就与杨庆堂、陈明商量,着手恢复根据地武装,并向郑重汇报。郑重当即支援了七支长枪,迅速成立了一支敌后武工队,杨庆堂任武工队队长,陈明任指导员。很快,宿松湖区从詹家峦到望江周家湾一带,全部恢复了抗敌十人团和民兵组织,展开了抗击日伪顽的斗争。

中共边江工委在从宿松到彭泽、湖口这一块沿江区域,为新四军五师与七师及新四军军部之间架设了一块联系的跳板,地下战略通道得到疏通。此时,新四军五师安排第三分区政委张执一到新四军军部去。张执一从湖北出发,走边江地区,得到工委的安全护送,顺利到达苏北盐城新四军军部。不久,五师政委郑位三从安徽无为回湖北广济,也走边江地区,由工委护送,一路顺风。

这两次护送新四军首长的任务完成得很好、很顺利。不久,边江工委又接到一项机密程度更高的重大交通任务。由于新四军五师远在湖北大悟县,有点孤悬,有时候通讯不太畅通,军部一直放心不下。军部决定分配给五师一部电台,并配备两名报务员。

两名报务员化装成商人,带上电台和密码本,由一名营长和五名战士便衣护送。他们走七师师部无为县出发,前往边江彭泽县,准备绕道边江地区,去往湖北大悟新四军五师。

按照行动计划,他们先到彭泽县找到边江工委,然后由边江工委负责护送。不料,刚进入彭泽县山区的时候,遭遇小股日军。眼看就要暴露的时候,营长机智地掏出手枪,一枪撂倒一个鬼子,大家立即展开战斗,掩护报务员和电台。一名小战士被鬼子击中,当场牺牲,所幸其他人安全撤离。他们历时半个月,到达彭泽找到边江大工委。

边江大工委决定由富有游击经验、熟悉日伪顽情况的彭湖工委书记商群亲自护送。

商群吃过早饭,准备送电台和报务员一行过江。刚离开家门走到不远处,回头望见一群鬼子在汉奸的带领下,正到他家里去准备抓他。商群心里一惊,幸好早走一步,但他女儿和侄女还在家。因为有重要任务在身,他只能眼睁睁地看着自己的女儿和侄女被鬼子带走,却无法施救。

商群把他们顺利送过江,绕道到达黄梅下新,交给黄宿边工委,圆满完成护送任务。他没有多逗留,急忙赶回彭泽。幸好,通过新四军其他部队的努力营救,他女儿和侄女已从日寇手中被救回来了。

不久,报务员带着电台顺利到达了大悟山五师司令部,边江游击根据地得到了五师的表扬。

●48

洲头到复兴一线的江堤上,日伪军筑有一批哨所和堡垒工事,平常他们在哨所上瞭望江外平原和江面上的情况。武工队只能小组隐蔽活动,人稍微多就会被日伪军发现。

为保护好这条重要的战略通道,杨庆堂一直想着怎么捣毁日伪的这些哨所。

杨庆堂得知武工队员王张顺的老表在伪军里面干事,他就找到王张顺,安排王张顺秘密联系老表。

王张顺故意穿着一身破衣,来到江堤哨所,说找他老表,家里有事情要找他。老表从哨所里走出来,和王张顺在江堤上说着话。

"老表啊,听说日本人在中国慢慢不行了,你可要留条后路啊!"王张顺压低声音严厉地对老表说,"我们队长叫我来找你,我们准备进攻哨所,你要是把枪口对准武工队,以后你怎么办?"

"你说我该怎么办?吃了这一碗饭。"

"我们队长说了,你在里面做内应,找一两个信得过的兄弟配合。明天半夜,第一枪打响后,你们就迅速把那两个日本兵干掉,叫你们的其他人放下枪,我们不打你们。"

"那怎么行? 你胆子太大! 我这是死路一条。"老表眼睛瞪得老大。

"那你以为不这样就不死路一条吗?"

话还没说完,一个日本兵从哨所探出头来,朝他们俩"哇里哇啦"叫,意思大概是事情还没说完? 快回来。

第二天夜深后,武工队三十余人陆续隐蔽着摸到江堤下面,靠近哨所,分散隐蔽在矮树林子里。半夜,突然一声枪响,他们一下就干掉了站哨的,武工队迅速一齐朝哨所旁边紧连着的堡垒出击。此时,王张顺老表和搭档在堡垒里伺机迅速干掉了那两个鬼子兵。其他几个伪军立即放下枪投降,武工队迅速占领了堡垒和有利地形。

临近哨所和堡垒工事里的敌伪听到枪声,等他们组织抵抗的时候,武工队就打过来了。武工队一鼓作气扫除了数座堡垒和哨所,然后带着缴获的武器,分散消失在江堤下面的村庄里。

此后一段时间,驻扎在彭泽县和坝头的日军一直想出来报复武工队,但又找不到武工队的影子。

在江对岸的彭泽、湖口一带,商群带领江南挺进支队也在不断袭击日军。

自从日军占据彭泽县后,日军常年开着汽艇在长江水面上巡逻,飘着膏药旗,耀武扬威。他们在沿江一带随意上岸骚扰,到村子里要东西,侮辱女人。

10 月的一天，天气晴朗，天上的白云像洲地的棉花一样洁白，一小股日军和往常一样，无所畏惧来到永和洲江边，正准备开着汽艇到江北的宿松洲区来找老百姓要新棉。商群在江边日军经常上岸的地方埋伏了八名手枪手，让两名游击队员化装成老百姓引诱鬼子上当，当场就击毙了一名小鬼子。早已埋伏在江边土坎下的手枪队，一齐向鬼子发动袭击。鬼子措手不及，丢掉汽艇，边打边退，仓皇逃跑。

此后，鬼子汽艇都不敢随便到江边作恶。

不久，挺进支队得到情报，近日南京方向有一艘运输艇运送重要物资到彭泽兵工厂。挺进支队立即在渡口不远处设置埋伏。果然，当天下午就有一艘运输艇从下游上来，朝彭泽渡口靠岸。这艘运输艇不同于平常的，戒备森严，上面坐满了鬼子兵。鬼子以为安全到达彭泽了，不料，挺进支队突然发动袭击。鬼子被打得措手不及，运输艇被挺进支队缴获。登上船后他们才发现，全是钞票。回头打开一看，足足有十几箩筐，都说从来没有见过这么多的钱。

这时商群正在为支队没有棉衣棉被过冬而发愁，这笔"意外之财"竟让他们过冬有了着落。商群随即派人前往安庆，用这笔钱购买布匹、棉花，还买了几台缝纫机回来，夜以继日地赶制棉被和棉衣棉裤。这一下不但解决了自己挺进支队的冬装和棉被，还将五师战士们的冬装也一并解决了。

大概是前方战事越来越吃紧，边江日本驻军人员不足。

商群看准了形势，趁热打铁，又带领江南挺进支队摸清彭泽太平关日军驻地的敌情,组织十多名身强力壮的战士,混在"苦力"中,为日军修建工事。趁日军不注意,突然一齐发动袭击,一人对付一名日军,将十多名日军全部干掉。日军驻地的武器、物资全部缴获,其中机枪一挺、手枪一支、步枪七支、迫击炮一门、手榴弹十二箱、子弹十二箱、炮弹十六箱,还有大量粮食、衣物等。

边江根据地在大工委领导下,很快得到发展、巩固。挺进十八团在武工队、十人团、游击队以及民兵组织的配合下,狠狠打击日伪顽军。整个根据地朝气蓬勃,干部带领群众惩治汉奸,发展生产,废除苛捐杂税,群众抗日热情高涨。有人作歌唱道:

> 太阳一出黑云散,
> 千丑万恶尽消亡。
> 想起过去真可怜,
> 前门怕虎后怕狼。
> 胆战心惊日夜做,
> 为敌辛苦为敌忙。
> 难得神军好政策,
> 抗敌除奸救善良。
> 太阳照得人身暖,
> 共产党恩情最难忘。

●49

日伪军的日子越来越不好过了,有点像秋后的蚂蚱,沿江南北大小袭击不断。彭泽那边的日军兵工厂和后勤补给压力不断加大,江北的筑墩到后山一线又被国民党军掐死。到了冬天,洲区日伪驻军就准备到后湖的佐坝一带去收物资,以为那边形势好一点。

一天,日伪军二十多人乘船过龙感湖,窜到佐坝、洪岭一带。黄宿边游击大队第一时间得到当地群众报告,立即派出伏兵堵击,敌人狼狈南逃,退到湖边爬上船,两手空空地回到洲区驻地。

此后,日伪军就老老实实龟缩在洲地,不敢再越雷池一步。

日军在洲区无所作为,小队出动常常遭到武工队埋伏,大队出击又找不到武工队。于是,日军就指示伪军搜罗情报,寻找抗日分子。

1945年2月的一天,伪和平建国军营长徐卫桑带着一排兵,将共产党员叶光欧、石墨华和抗日群众石长安、李寿元逮捕入狱。伪军多次对叶光欧用电刑,要他交代同党,叶光欧坚贞不屈。不久,他家里向伪军送去四百万储币,请求"长官"放人。伪军见钱眼开,又得不到什么情报,就把钱收了,把人放了。

日军开始处处陷入被动。

但是,国民党顽匪梁金奎部还盘踞在泊湖地区,控制了原泊湖根据地的大部分。新四军抗日武装专心打鬼子,梁金奎却不时来骚扰一下。

1945 年 3 月,郑重和参谋长曾少怀率挺进十八团一部二百余人,从江南彭泽游击根据地来到泊湖地区,准备消灭盘踞在这一带的顽匪梁金奎部。因为十八团自来到彭泽后,就很快与兄弟部队合作,肃清了周围各县十余股大小土匪,只有梁金奎的势力还在。梁金奎这时有四百多人,在七师挺进团撤离湖区后,就一直盘踞在王家墩到望江一带,控制泊湖大部分地区。他们在王家墩一带修有碉堡,挖了战壕,工事坚固,易守难攻。

挺进十八团决定采取夜袭,拔掉梁金奎在王家墩的据点。

28 日,郑重和曾少怀率一个连的兵力,开到九成畈团岭头一带隐蔽,待天黑发起攻击。不料,当地梁金奎的耳目得知消息,密告梁金奎。梁金奎做好了战斗准备。傍晚,新四军正准备进攻时,梁金奎的机枪一齐打响,子弹雨点般打来。郑重指挥部队沉着迎战,头部不幸中弹,英勇牺牲。新四军被迫撤出战斗。

进入夏天,形势不断发生急转。彭泽日本驻军龟缩在城里,宿松的日军躲在坝头。日伪内部消极气氛不断弥散。

伪宿松县长金万普在洲区惶惶不可终日。不久,他得到侵华日军将宣布投降的消息。7月14日夜晚,金万普化装成老百姓,连夜逃走,不知去向。

消息一出,湖区欢欣鼓舞。鬼子龟缩在驻地不敢出来,等候命运的发落。

8月15日,日本宣布无条件投降。当天,驻坝头的一小部分日军人员往彭泽县方向退却,抗敌区团的团员高和求在复兴高排看到鬼子撤退,气不打一处来,直接上去抢下一名日本兵的枪支,日本兵已经不敢直接抵抗。

国民党宿松自卫队和县国民政府,浩浩荡荡前往洲区,接受驻扎在坝头和复兴的日伪军政的投降。许岭汪庆豪也率部前往参与受降。宿松县城和各地群众纷纷举行各种庆祝活动,热烈欢庆抗日战争的最后胜利。

第十二章　撕裂

●50

抗日战争刚刚结束,日伪投降,宿松洲区和彭泽的鬼子驻军撤走,湖区人们沉浸在庆祝胜利的喜悦之中。但不久,人们就开始嗅到了一股异样的空气——国民党和共产党搞不到一块。

8月31日,望江县长龚兆庆率陶太平部及张文奎部收复望江县城。当晚,龚兆庆在望江县城突然向陶太平出示逮捕证,说陶太平勾结新四军,从事异党活动,立即解除陶太平的武装。第二天,派一个排把陶太平押解到省政府所在地立煌县。

遵照中共中央鄂豫皖分局战略部署,活动在边江湖区的边江大工委、黄宿边工委等组织撤销,只在湖区成立一个中共宿松湖区支部,书记石玉书和党员胡树凡、石丙玉、姚正成、石月楼、杨达金等留守湖区继续开展组织活动,其他军政人员转移。

9月20日,边江大工委率军政千余人集中在彭泽辰字号长江岸边,浩浩荡荡北渡长江,到湖北黄梅新四军五师驻地。宿松湖区张干、杨光明等各级党政干部和挺进十八团、黄宿边便衣队,撤出湖区根据地,向鄂东蕲春大梓冲集结,以对抗国民党军队对中原地区的进攻。

国民党桂系军就乘机大举进占湖区。国民党地方政府也借此全面加强地方专制统治,在原国民党宿松自卫队基础上成立宿松县保安警备大队,大肆收罗大刀会等地方土匪武装加入,扩充武装统治力量,汪庆豪任大队长。

县保警大队严酷管制湖区根据地,在湖区到处搜捕共产党员、革命人士、进步群众,强迫群众"自新",不"自新"就有杀头的危险。

许家岭洋普庵的许新甫,自从1942年在新四军长溪山游击队被打散回家,后又在小孤山打日本人的膏药旗,差点丢了性命。他父亲怕他外出惹事,不让他再参加新四军,他就一直在家,结婚生子,过安稳日子。

可是,生于乱世,哪有太平日子?县保警大队大队长本来早就知道洋普庵的许新甫以前当过新四军,没有主动向国民政府"自新",就打算派人来抓。幸亏他父亲提前得到消息,及时让弟弟陪家里长工唐吉一道,用船把许新甫送到下长河曹家屋亲戚家躲避。

果然,当晚,汪庆豪的一个小队荷枪实弹来到洋普庵下,

222

将许新甫家团团围住。他们屋里屋外到处搜寻，没找到许新甫，就找许新甫的父亲要人。许新甫父亲死活不说出许新甫的去处，汪庆豪手下人就把许父五花大绑，押到许岭区公所。

几经周折，许家托人出面，请求族人许岭乡乡长许陶存和乡绅许质夫向汪庆豪求情。最后，以一百银圆将许父保释。

许新甫在下长河曹家屋亲戚家躲避了一天，考虑这样躲下去不行，于是下定决心再次寻找新四军。他叫亲戚用小船送他到泊湖西北岸的枫林咀，然后下船，经凉亭河，走陈汉沟，又跑到湖北英山，找到了张体学的部队。

许新甫入伍后，向首长说明了以前参加新四军的经过。组织上经过政审，任命他为三营文书，不久又任命他为工程大队大队长，随部队北上，造碉堡、挖壕沟、修路、造桥，为同国民党的战争做准备。

1946年3月，由于叛徒的出卖，书记石玉书、党员胡树凡被捕，中共宿松湖区支部遭到破坏。为恢复湖区组织工作，中共黄宿工委在龙感湖边的下新成立。同时，鄂东地委又派孙纪正、杨光明等返回宿松湖区，在詹家峦一带活动。

由于石玉书、胡树凡丝毫不屈服，8月6日，国民党县政府在县城里将他们俩残忍活埋。一同被活埋的还有中原突围到宿松被捕的某部宣传科长张树东。

国民党在湖区实行黑暗统治，湖区党员、群众没有屈服。中原突围的部分干部和战士撤到宿松，套口、王营、复兴一带的群众自发地组织起来,接待中原突围的干部、战士,掩护他们经过沿江地区转移,持续到年底。

许新甫再次参加新四军不久,正赶上中原突围,他的工程大队在河南被国民党军围困。一场血战,尸体遍地,血流成河。他同七名战友,从河南鲜花店突出重围,来到竹竿河已是黄昏。他们找到一条民船,准备过黄河寻找部队。不巧,夜晚暴风骤雨,船不能航行。他们无可奈何,只好含泪分别,各自寻找部队。其中有一名战友是太湖县的,许新甫同太湖的战友一道,昼伏夜行,往家里走,走了一月有余,才到家。

许新甫回到家后,他父母爱人十分高兴,但心里又恐惧不安,担心区、乡政府和汪庆豪知道他又是从新四军队伍里回来的,且不去"自新",如若被抓,必死无疑。他父亲托当地有头有脸的人物出面斡旋,求汪庆豪不要追究儿子。一天,他父亲战战兢兢地找到许氏第一族长许淡云老先生。许老先生是他父亲的恩师,他父亲如实细说儿子新甫两次参加新四军,又两次无奈回家的情况。许老先生听了,竖起大拇指称赞:"后生可畏呀!"当即就命轿夫抬他到许岭区公所,面见汪庆豪。

许淡云老先生在汪庆豪面前还算有点薄面。汪庆豪的儿子是许老先生的门生,汪庆豪是许老先生的侄女婿。许老先生进了区公所,见了汪庆豪说明来意,汪庆豪只好点头说行。

许新甫的危险从此解除。

●51

8月,中原军区独立二旅第四团派李育昌、李汉廷、石光明三人来到宿松,组织武装,在董家桥成立鄂皖边游击大队,开展对国民党的游击斗争。他们在董家桥、大王庙、高岭、长岭铺、程家岭、许家岭一带,白天生产,晚上活动,宣传发动群众,筹集枪支弹药。

汪庆豪的县保警大队到处寻找游击大队,对游击大队进行围歼。11月,李育昌和石光明在石沙嘴会合,遭到汪庆豪的保警大队围攻,大队长李育昌突围出去,转移到江南,石光明弹尽被捕。敌人严刑审讯石光明,要石光明投降。石光明坚定地说:"宁可头断血流,要我姓石的投降,办不到!"

这时候,中原军区独立二旅因部队突围被打散,按照中共中央和中原局的指示,旅政委张体学和政治部主任赵辛初一起转移到解放区。12月25日,张体学、赵辛初由黄梅转移到宿松,在宿松进步商人徐裴章和帅耀东的掩护下,化装成商人,经五里墩、长岭铺,走泊湖西北角徐家桥,躲过敌人的搜捕,辗转去往南京,然后到达苏北解放区。

这时候,湖区环境恶劣,党员、群众付出了沉重的代价,许多共产党员、革命战士和无辜的群众,惨遭国民党的残酷杀害。但国内主战场战事激烈,国民党军队伤亡减员严重。

为补充兵员,国民党政府开始在地方强行征兵。

湖区开始抓"壮丁"。

老百姓知道,被抓去当"壮丁"就是死路一条。鳖湖嘴青年渔民刘二,被抽签抽中,但又没钱买通,当天夜里,他用镰刀将自己的腿割开,在血淋淋的伤口上抹上食盐,第二天伤口就红肿溃烂了。等到解兵的时候,当官的看到他这个样子,无法走动,就把他丢下,得以幸免。

那个两度参加新四军,两度回家的许新甫,刚刚解除危险,一波未平,一波又起。许新甫兄弟三人,至少抽一人入伍是铁定的。果然,乡保首先下签,安排新甫的弟弟新朗"入伍"。

家里接到签单,新甫挺身而出,要代弟"入伍",把自己的名字报上去了。新甫爱人得知此事,揪住新甫说:"你再离开我们母子,我也不想活命了。"她铁了心,这回坚决要阻止新甫离家出走,哭得死去活来,日夜不休。

新甫不知如何是好,既不忍心让弟弟新朗去当"壮丁",又无法说服爱人停止哭闹。新甫父亲也左右为难,于是去找新朗的岳父洋普保副保长胡朗,商量解决办法。

无巧不成书,正好这天胡朗接到国民党县政府通知,命他到县里参加乡保干部培训。胡朗看看亲家,灵机一动,计上心来:决定偷梁换柱,让新甫冒名顶替去县里参加培训。培训六个月,不仅能免去兵役,还可以当乡保干部。

新甫父亲兴冲冲回家告诉新甫,新甫却对此事不感兴

226

趣,觉得冒名顶替既不光彩又有风险。但新甫又想到,这年月,家里虽然算不上穷,但在地方政府上没有保护伞,常常受当地小官敲诈,日子总是不安宁。兄弟三人有一个人"从政",不受官家欺负,也未免不是一件好事。于是决定参加培训。

第二天,新朗岳父胡朗送来表格,内容须填写姓名、履历。麻烦的是,表格上已经写上了胡朗的名字,要将"胡朗"二字不露形迹改成"许新甫"三个字,却是一个难题。大家一时都难住了,不知如何是好。

沉默片刻,许新甫忽然兴奋地说:"有了!"

大家喜出望外,新甫拿过表格,把"胡朗"二字顺利改成"许湖朗",说"许新甫"号"湖朗"。从此,许新甫就更名为许湖朗。

六个月培训结束后,许湖朗被安排任职国民党政府许岭乡警务主任,不久又先后调任洋普保当保长。他人虽然在国民党机关里干事,但心底下还是死死不忘自己的志向,按照他自己的考虑:老子当保长"黑皮红心"。

第十三章　生死角力

●52

国共内战形势开始逆转。1947 年,刘邓大军陆续进驻宿松。9 月 17 日,六纵十八旅进驻宿松县城。国民党县党部、县政府、参议会等机关弃城南逃,迁往坝头。汪庆豪的县保警大队退守到太子庙、木梓树一线,被刘邓大军追击,也被迫逃到洲区。宿松山区和丘陵地区获得解放。

刘邓大军一来就打击土豪劣绅,开展群众宣传、发动和组织工作,建立地方乡村基层政权,将宿松全县分为几大区,泊湖西边沿湖一带属于四区、五区。

但湖区东南部还在国民党的统治之下,泊湖西部岸边的下仓埠、洪家岭、许家岭一直到程家岭一带,处于敌我交错的拉锯状态。

10 月 22 日,刘邓大军二纵六旅从黄梅进驻宿松县城,然后,很快向佐坝沿湖及由五里墩向长岭铺、许家岭、九姑岭等东部湖区展开。10月底至11月初,二纵六旅工作队分别在长岭铺、荆安、许家岭杨家下屋、求雨岭一带,没收地主老财唐柳斋、曾林成、杨必骦、张子义等户的钱、粮、衣物,分发给当地穷苦百姓。

11月中旬,刘邓大军奉命集结,撤离宿松,展开游击作战。国民党青年军二〇三师一个团乘机进占宿松县城,汪庆豪的县保警大队尾随其后,重新进驻县城和南部沿湖丘陵地带。

刘邓大军第二纵队撤走后,县、区干部带领武装和地方工作队,到各地"看房子、看生活(吃得怎么样)、看穿衣",缴富济贫,把从地主老财、土豪劣绅那里收缴来的粮食、肥猪、衣被、钱财等分发给穷人,缺什么发什么。但是,沿湖一带处于拉锯状态,国民党还有一定的势力,穷人不敢公开接受收缴的浮财,害怕地主老财报复。区政府、区干队、武工队的干部、战士们就白天收缴,晚上分配,上门亲手送到穷人家里。穷人放心了,就积极配合他们行动,监视坏人,为他们提供情报。这样,共产党的人和穷人都有好处,穷人分了财物,共产党的干部、战士也得到了保护。

但群众听说,在宿松的山里,已经是解放区,不仅大张旗鼓分浮财,还打土豪、分田地、搞土改。他们那边开群众大会检举揭发,"该杀的杀,该斗的斗"。二郎庙里就斗了十几个地主恶霸,还当场枪毙了三个。

听说山里青年掀起了参军热潮，九姑岭十七岁的青年张德龙好不羡慕，走了几十里路去山区，找到那边的区干队要求参军。区干队问他："为什么要来参军?"张德龙说："过去我们受日本人的欺压，打败了日本鬼子，指望过上好日子。没想到，国民党来了，我们仍然受欺压，这日子过不下去，只有参加人民军队，彻底打败国民党，才有指望过上好日子。"区干队的人说："讲得好!"当即就留下张德龙参加了武工队。

在国民党占领的复兴洲区湖区一带，知道后山斗争如此轰轰烈烈，叶光欧在洲区家里坐不住了。11月下旬，他从坝头来到梅墩畈上面黄大口，刚成立不久的中共宿松县委、县民主政府在这里。叶光欧找到县长左达，要求恢复组织关系，参加工作。左达指示叶光欧返回坝头，从事地下工作，为县委、县政府开辟湖区工作做前期准备。叶光欧奉命返回。

为加强沿湖地区的统治，汪庆豪不断扩充自己的武装势力，在下仓埠一带招罗大刀会等土匪势力，新成立县保警大队第六中队，驻在许家岭。皖南独立支队刚从宿松回到太湖山区没几天，就接到情报，说这个事。因为独立支队的人就是曾经的新四军七师挺进团的人，当年到许家岭战斗过，地形熟悉，又很想念湖区一带老百姓，干部、战士都想回到故地看一看，于是就决定回去打这伙匪徒。

部队一到许家岭，敌人打了几下冷枪，就往下仓埠逃去。独立支队留一个排在许家岭，防止县城的敌人来切断后路。主力由王长益连长指挥，追击逃往下仓埠的敌人。敌人准备走乌汉埠上船逃亡至下仓埠,正在上船的时候,部队追到。没有来得及上船的敌人一哄四散,各自逃命;已经上船的,快速进入湖面,改向洲区方向逃去;正在上船的十余人被抓获,当了俘虏。部队还缴获了自行车、留声机、皮箱等物品。这个中队刚成立没几天,一战就被瓦解了。

汪庆豪恼羞成怒,伺机报复,一有机会就在四区搜捕共产党人。1948年1月30日,四区张畈村的村长张明富被汪庆豪的县保警大队抓捕,汪庆豪亲自审讯,想得到四区干部、武装人员的名单和活动的地点。汪庆豪叫手下人对张明富严刑拷打,张明富就是不说,没办法,第二天一早,就在赵家岭将张明富枪杀了。

四区沿湖地区正在拉锯。2月2日,临近春节,解放军皖西一分区基干团、二十团与宿松独立营、区干队、武工队一起,集中力量进攻宿松县城。安逸了一段时间的国民党青年军和汪庆豪的县保警大队成了惊弓之鸟,又弃城而逃。3日,基干团和二十团乘胜向佐坝、九姑岭、许家岭沿湖一带进击,拔除一路上国民党的碉堡,然后回到山区解放区。区干队和武工队驻守县城,三天后回到驻地。

2月中旬,四区基干武装力量二十余人和太湖县大队四十余人活动在高岭、太湖彭家湾一带。一天,他们得知国民党四十八师一个连和太湖县三个保警支队,到太宿桥、东靠山一带农村抢粮食。四区武装和太湖县大队立即赶到敌军必经之路两旁,设下埋伏。四区武装埋伏在东靠山,太湖县大队隐蔽在一座山头。敌军耀武扬威,大摇大摆进入伏击路段。两边山头突然一齐猛烈开火,敌军措手不及,东逃西窜,边打边退。持续到午饭时分,共产党武装撤出战斗。这次战斗,共产党武装以少胜多,毙敌三十余人。敌人粮食没抢成,残兵败将拖着枪,抬着死伤人员逃回到太湖县城去了。

春节一过,刘邓大军主力陆续撤出大别山,转战中原。国民党军队卷土重来,国民党军二十五师、四十八师先后进入宿松县境,对宿松解放区发动大规模"清剿"。国民党县党部、县政府、参议会等机关纷纷从坝头迁回宿松县城。

"清剿"不了,他们就步步紧逼,开展"蚕食",实行五户连坐。以前逃离的土豪劣绅、地主老财们,也借机纷纷还乡,找穷人们反攻倒算。这时候,四区湖区一带的共产党干部、武装屡遭损失。

4月5日,四区武装与太湖县大队袭击泊湖西北角的徐家桥区公所后,在太湖查畈遭到国民党军二十五师一个营和太湖县三个自卫中队、三个清乡队的包围,只有一小部分突出重围。四区区委书记陈忠和,率少数突围出来的人往四区撤离。行到东靠山,他们遇见一名洗衣服的妇女。妇女立即告诉他们:"前面不能去,国民党自卫队正在村子里搜共产党,你们快走。"于是,他们迅速绕到东边树林子里,沿着林间小路往湖区方向撤离了。

四区沿湖地区的国民党势力又占了上风。为反击国民党的进攻,皖西一分区派主力部队过来,配合宿松独立营、几个区干队、县武工队开展反"蚕食"的反攻,对九姑岭、佐坝、许家岭沿湖一带的敌人纵深阵地进行摧毁性攻击,烧毁了他们的碉堡、工事。

共产党主力部队一走,国民党武装势力就抬头,锯子拉来拉去。

这时候,淮海战役快接近尾声,人民解放军势如破竹。国民党正在加紧准备退守江南。

●53

1948 年 12 月的一天,安徽省保安司令陈瑞和秘密会见同善社安徽号首黄禩垣,并在安庆任家坡二十号召集宿松等七县同善社、大刀会等组织的头目开会,正式成立"国防部暂编第二纵队",准备在国民党军退到江南后,在沿江沿湖地区伺机发动武装叛乱。

下仓埠、许家岭和复兴沿江洲区的大刀会、同善社很快就仗势行动起来,胁迫群众参加"国防部暂编第二纵队"。沿江洲区的大刀会成立了"第一团",李三钢任团长。罗东山任第二营营长,以罗家渡为据点;朱穆宗任第一营营长,以王家湾为据点。团长李三钢亲自出马整训大刀会。

1949 年 1 月,国民党军队在长江南岸构筑一千八百多公里的防线。宿松湖区沿江对岸,是汤恩伯、白崇禧两大防御集团的接合部。他们在小孤山一带部署江北"桥头堡",——

233

九师搜索营到曹家营一带活动。刘汝明的部队在复兴、套口沿江、沿湖地区封船,把所有的船只全部扣留、毁坏,意图阻止解放军渡江。

坚持隐蔽在宿彭沿江、沿湖的共产党员、革命战士严长根、饶正成、杨长珠、石玉华等人,以陈明为首,成立湖区武装工作队。他们将1941年商群、杨庆堂、杨光明等人撤退转移时埋在小孤山脚下的一批枪支挖出来,又在套口一带收缴国民党散兵游勇和当地保甲人员的枪支和子弹,将三十多人的武工队全副武装,活动在复兴、套口、九成畈、望江的佘家铺一带,暗地里和刘汝明的部队对着干,发动老百姓收藏粮食,夺船护船,侦察敌情,准备迎接大军过江。

在后湖,一支被解放大军从湖北击散的国民党军流兵约一个营的人,没跟上大部队,跑到许家岭沿湖一带。他们白天在湖上封锁民船,阻止民船参加解放军渡江行动,并敲诈勒索船民。因为他们断了供给,晚上常常跑到洋普庵一带的大咀、六咀等地村庄里抢劫,有的还强奸妇女,十足的土匪,老百姓深恶痛绝。这时候,那个许湖朗已调到洋普保当保长。他听后火冒三丈:"老子也是当过兵的,没见过这些畜生!"说完他就去找朱老先生,共商击匪之计。他以洋普保的名义,召集洋普庵下面各村庄威望高和当过兵的人开会,研究作战计划,并到许岭商会自卫团借来一批枪弹,包括两挺机枪,准备跟这帮兵匪干一仗。

数天后的傍晚,他们发现敌匪开船进入乌汉湖,许湖朗立即下山组织群众准备战斗。当敌匪上岸进入村庄,按照预定的计划,以猛敲锣鼓为信号,各村民众迅速高举火把,手执土枪或锄头、扬叉子,一齐高声呐喊,燃放鞭炮。一时间,整个洋普庵一带喊打喊杀声震天。这股敌匪见势不妙,吓得不敢还击,仓皇逃到船上,慌忙开船逃离。

这时,许湖朗早已架着一挺机枪,埋伏在六咀头岸上,向敌船"嗒嗒嗒"一阵扫射。吴美定在对岸的大咀头用另一挺机枪夹击扫射。敌匪遭到迎头痛击,不顾天寒地冻,纷纷跳水逃命。

这一仗,灭了这股敌匪的气焰,迫使他们灰溜溜地离开了洋普庵地区。

这时,国民党县政府将县地方武装重新改编,组成自卫团,汪庆豪任国民党宿松县自卫团第二营营长。他们到处搜捕船工,挨家挨户搜查船只,见船就抢,就烧,就毁坏。湖边渔民没办法,有大船的都开出去躲,有小船的都悄悄地把船沉到水底,藏起来。

一天,许家岭石庙嘴渔民刘精华等人在下仓埠湖里捕鱼,忽然岸上有人对他们喊话:"刮(国)民党又来刮我们了啊!"原来,岸上渔民喊的是国民党宿松县自卫团下湖封船的消息。

他们一行十多条大船,就连日连夜横渡黄湖,到套口螺丝嘴躲避。躲了七八天,船上的米快吃完了,消息又不通。他们就又把船开回泊湖,返回石庙嘴,准备回家取米。船刚

235

靠岸,家里的人就慌慌张张地把米送到了岸边,并叫他们赶快走,说国民党自卫团第一营正在求雨岭刘屋烧段国祥、刘桂清家的船。他们就又把船开进泊湖后梢,一直向上,到程家岭牛串岭下的老虎尾躲藏,一躲又是七八天。在一起躲的有刘太清、张博渊、李恒高、李启高、李全开等几十人。

●54

解放军和共产党民主政府的力量势不可当,在大别山区由北向南推进,岳西、潜山、太湖、宿松山区先后解放。国民党宿松县党部、县政府、参议会等机关,在县城里屁股还没坐热,再次被迫南逃,迁回坝头。

解放军占领宿松县城后,很快就建立了后勤指挥部,中共宿松县委、县民主政府、县大队等机关搬进县城,接管国民党宿松县的各个机关,受到县城各界群众的热烈欢迎。

后勤指挥部迅速组织沿湖地区的干部、战士到各个村庄张贴标语"打过长江去,解放全中国!""砸碎蒋家王朝!"等。紧接着,在湖区各地征集渡江船只和船工,设立水手登记处,动员组织船工参加渡江船工队。

3月27日,解放军二野四兵团十五军四十三师、四十五师从太湖进驻宿松,解放高岭、长岭铺、许家岭、九姑岭、千岭等沿湖地区。解放军先遣二十七支队长驱直入,加紧向筑墩方向推进。国民党宿松县自卫团见势先行退过筑墩长河,将

236

汪庆豪的第二营布防在黄雀畈长河口前沿。他们将在筑墩长河一带劫得的一百多条船只,全部集结在南岸的黄雀畈附近。

汪庆豪正在苦思冥想,副营长石光宣气喘吁吁跑过来说:"营长,林甲栋、黄宣威、祝济人都带着家属,随一营、三营跑到曹家湖去了,打算随时过江到九江去。"

汪庆豪瞪大眼睛说:"他妈的,他们那些党政要员都成缩头乌龟了,打算跑,留老子在这里当炮灰!"

沉默了一会儿,石光宣接着又低声说:"还有,三营第十一连两个排,主动向共产党缴枪了!"

话还没说完,有人来报告:"报告营长,县府石秘书从坝头派人来找你。"

汪庆豪答复:"不见!"

"营长……"沉默了一阵,副营长石光宣欲言又止。

过了半天,汪庆豪说:"那你叫他过来吧。"

来人见面说了些什么话,汪庆豪一句都没听进去,只拿着递过来的一封信仔细琢磨。

石秘书暨县府各职员:

去年淮海战役,国民党仅存之精锐主力,悉数被歼。继之天津光复,古都北平和平接收。我人民解放大军,正以排山倒海之势,肃清江北国民党匪帮,向江南进军,解放全中国已成定局,殆无疑问。本府配合大军日内规

237

复县治,消灭残匪,全县三十六万人民永获解放,出水火而登衽席,亦必为事实。解放军、民主政府对待国民党一切党政军人员政策是首恶者必办,胁从者不问,立功者受奖。本府对原国民党宿松县政府一切官员僚属、警佐职员以及区乡镇保甲人员,只要不持枪抵抗本军,应即向本府登记接头,一律不加逮捕,均各安心公职服务,切实负责保护各机关资财公物、文件档案、武器弹药、仓库公粮,不得怠工破坏,听候处理,分别录用。如有甘供国民党匪帮驱策利用,破坏财公物,劫运仓库公粮,焚毁文件档案,毁坏武器弹药,蛊惑群众,造谣作恶者,则必依法惩处。

君等系宿邑地方人,应知大势所趋,民心向背,识时务,辨是非,当机立断,弃暗投明,迅向本府接头,为人民立功,为桑梓服务。万勿惑于国民党反动派之欺骗,受其裹胁劫持逃亡过江,离乡别井,自蹈绝境。忠告之言,勿抱成见,尚希见复是盼,颛此顺候。

公绥

程西海手启

三月二十四日

这是共产党宿松县民主政府县长程西海写给国民党县政府石秘书的信。来人反复说"这是石秘书的意思,要我一定要送汪营长看看,不要让别人知道",然后拿回信就走了。

县府的人刚走,又有人来报告:"汪营长,共产党派人来了。"

汪庆豪立即起身,问:"几个人?"

"两个人,其中一个人说是你以前在杭州干训班的同学。"

"那快叫他们过来。"

汪庆豪见到昔日的老同学张子祥,紧紧握住他的手问:"你现在在共产党县大队吧?"说完叫副营长石光宣他们先出去一下。

张子祥是来劝降的,他反复劝导汪庆豪,说:"你们县党部和县府那么多人都过来了,老同学,你可要认清形势啊,趁早率部投诚。"

汪庆豪低声说:"共产党是不会原谅我的!"

张子祥说:"老同学,只要你率部立功,共产党对你会既往不咎的。"

汪庆豪一直没有表态,最后打发手下人很客气地送走了张子祥。

3月28日,二野四兵团先遣师占领望江华阳镇,全歼国民党华阳守敌刘汝明部一一九师的一个营,望江全境解放。然后该师向宿松湖区王家墩一带开展剿匪除霸斗争。

当天天下大雨,二野四兵团第十五军四十四师一三〇团二营在副团长束传钩的带领下,由泊湖北岸的徐家桥,沿小道向西南进入宿松县境。他们的任务是为大军渡过长江组织渡船。

29 日中午,他们隐蔽到达筑墩,发现路突然中断,只见前面是几十米宽的长河,东边是大官湖,白茫茫一片水乡景象。通过侦察,他们了解到敌人之前所劫的船只全部集结在长河对岸黄雀畈附近,留在北岸的只有渔民事先隐藏在芦苇丛里的一条小船。于是,二营动员几个当地青年,把芦苇丛中仅有的一条小船拖出来,请一位中年妇女清洗干净,并准备请一位男船工划船,派人带上束副团长的亲笔信,送给驻守南岸的国民党宿松自卫团二营营长汪庆豪,讲明政策,要求放船。解放军对敌地方自卫团队的政策是:争取教育为主,坚持不打第一枪。

下午 4 时许,小船向对岸划去,自卫团突然开火。一排八名战士带一挺轻机枪,在营机炮连四门六〇炮、两挺重机枪的掩护下,射击前进,率先强行登陆,占领有利地形。然后,二营战士陆续渡过长河,向敌冲锋,敌自卫团往洲区惊慌逃跑。

二营控制了筑墩长河口。30 日凌晨 4 时,将敌所抢劫的大小船只一百五十多只,全部缴获。

4 月 2 日,解放军先遣二十七支队乘船渡过筑墩长河,向坝头方向推进。看到大势已去,驻守在坝头的国民党自卫团第三营第九连、第十连的残部,没有开枪,直接向解放军先遣二十七支队投诚,将枪支、弹药等武器和军粮交给解放军先遣队。

第二天,国民党自卫团第一营第三连、第二营第八连残部,由徐棚到坝头,主动向解放军先遣队投诚。

第三天,国民党自卫团第二营营长汪庆豪,自觉走投无路,终于和副营长石光宣一起,率所部二百多人,由三号洲向解放军先遣二十七支队投诚。这个死心塌地为国民党卖命的地方武装头领,终于结束了他在湖区西岸长达十余年的统治。

在泊湖东岸那边,驻守王家墩的梁金奎,见大军压境,惶惶不可终日,遂命大队副留守,自己携妻带妾跑到江西乐平,投奔刘汝明去了。梁金奎一走,泊湖水警大队如丧家之犬,人心涣散,一触即溃。他们有的逃亡,有的投诚,几个死党各自驾着一艘渔船在泊湖上东躲西藏。至此,横行泊湖、黄湖十余年的湖区恶魔梁金奎的队伍,像风卷落叶一样很快被剿灭。

宿松全境解放。

第十四章 东风渡

●55

解放军先遣队进入洲区后直奔长江沿线。蓝科长、白科长带一部电台、一个侦察排到王家营。他们先和严长根的湖区武装工作队联系,紧锣密鼓开展工作。电台架在王家营张益阳家,侦察排住在杨长珠家。随后,二野四兵团十三军一〇九团——这个团也称红军团——还有三十七师、三十八师等,先后来到小孤山、詹家峦、明新、王家营、蒋家营一带。湖区武工队帮助部队住下来,征集粮食、草料,解决部队军需,随后又分头跟解放军一起到渔民家访贫问苦,征集渡江船只。同时,兵团十五军一三〇团从太湖县沿泊湖北岸,走太湖徐家桥,陆续开往望江华阳渡江作战前线。

大军穿着清一色的草黄色军服,刚到湖区,老百姓全都躲到湖边芦苇丛里,他们不了解解放军是什么军。因为前几年新四军撤离湖区根据地后,国民党正规军、地方军、望江梁金奎的水警大队及国民党自卫团、中心情报组、行动队等势力反复"清剿"湖区。因国民党军队搜捕共产党,好多老百姓都遭到过拷打审讯。特别是在掩护湖区干部、武装撤离湖区后,国民党对湖区群众实行疯狂报复,敲诈勒索,老百姓缺吃少穿,痛苦不堪。几年来,老百姓一见军队来了就躲,就弃家逃跑。

于是,武装工作队分头下湖寻找老百姓,告诉他们:"当年的新四军回来了,我们解放了!"老百姓一听说这批穿草黄色军服的解放军就是当年穿蓝色军服的新四军,只是改了个名称,就纷纷回到家中,同时,把沉在湖中、江边的船只纷纷打捞上来,支援解放军渡江。

国民党派飞机每天在沿江、沿湖一带飞来飞去搞侦察。为了不让飞机发现解放军,老百姓有的人家让出房子给解放军住,自己在湖边树林子里搭棚住。

先前为躲避国民党自卫团,渔民刘精华、刘太清、李恒高等几十人的船队,在泊湖西北角老虎尾上躲了七八天后,湖边突然来了一排解放军,排长还负了伤,手上打着绷带。排长站在山坡上向他们喊话:"师傅,你们是哪里人啊?船队长呢?请出来讲话啊。"

渔民们都是各家各户的船,是躲差躲到一起的,没有船队长,大家都很害怕,只有刘太清年龄大、见识多、胆也大些,大家都推举他出来和解放军对话。排长向刘太清问了一些情况,与刘太清商量说:"我们没有地方住,想在你们船上借宿,可行啊?"

刘太清满口答应说:"可以,可以,只是没有什么好的招待。"

解放军刚上船,他们还比较拘束,时间一长,就感到和当年在湖区打日本人的新四军一样,态度和气,口口声声称他们师傅。干部、战士与他们拉家常,问长问短,家住什么地方,家里有多少人,连姓名都问,还一边问一边记。解放军给他们讲了很多新鲜事,说宿松已经解放了,国民党都打跑了,大军将去解放江南,希望他们参加渡江船队。他们表示同意。

又过了几天,部队的营长来了,带来了好几百人。营部设在岸上的牛路嘴。

刘精华的船队在老虎尾又住了七八天,解放军都上了船,要开到枫林嘴。他们就带着解放军把船开到泊湖西北角的枫林嘴,发现枫林嘴那里已经集中了好多宿松的船。解放军将所有的船进行编队,任命刘太清做一个中队的中队长。

船队编队完了以后,第二天,就载上一三〇团的全部人员,开到望江县华阳河入口处的鲶鱼墩宿营,在泊湖上展开紧张的水上练兵。

此时虽然是春暖花开的季节,湖边岸上绿草茵茵,开满了各色各样的野花,但湖水依然寒冷。大军子弟兵转战到泊湖地区的,大多是太行子弟,不识水性。他们进入一眼望不到边的湖泊,分辨不出东南西北,心里都有点怕水。

二营六连战士胡掌生长得腰粗体壮,是出了名的大力士,在陆地上真可称得上李逵式的英雄。但他一到水里,英雄竟无用武之地。坐到船上,沿江一带湖区出生的战士有说有笑,胡掌生则面色发青,嘴唇发白,呕吐酸水。

太行子弟一见面就议论:"喂,你听说了吗?长江有几里宽,无风三尺浪,江猪成群,木船一碰就翻!"

"管他呢,反正吞不了我这一堆!"胡掌生说。

连长看到太行子弟有怕水的心理,就命令他们先乘船出湖,帮渔民打鱼,以班为单位,抓着船舷练游泳,跟船工们学摇橹、升船帆、撑篙子,就是上船、下船的动作,也学得很认真。他们先空手在船上练,后来把行军锅、枪、弹背在背上上船练习。

一天,连长罗金印陪营长杨德山到湖边检查练兵情况,打趣地问道:"胡掌生,今天湖水浅了这么多,是不是你又偷喝了?"

"报告连长,我已学会'狗刨式',能游三十多米。"说着笨拙地做了个游水的示范动作,引起大家一阵哄堂大笑。

"王副排长,你呢?"

"报告营长,我已经能在水面游二十分钟。"王金富回答道。

"继续加油练习,要学会在水面游两个钟头,还要学会在水里打仗。"

"是!"王金富立定敬了个军礼。

开门见山,出门乘船。船是渔民的命根子,渔民张加其、张贵其弟兄和李恒高、李启高、李全开兄弟、父子、叔侄,对船有一种神秘的感情。

部队水上训练进展很快,就将白天训练改为晚上编队训练,向假设之敌登陆攻击。训练规模先以一个连为单位,逐步改为以一个营、一个团为单位,在炮火掩护下实弹训练。

4月8日,部队移驻望江县吉水沟,这里距离长江尚有二十余里。经过湖上练兵,战士们上船、泅渡、登陆动作非常熟练。全副武装的连队在伸手不见五指的黑夜,上船敏捷如猫,不发出任何声响,时间只用三十秒;登陆如饿狼扑羊,身手敏捷。全营完成一整套动作也只要一分钟左右的时间。

4月14日,二野四兵团司令员陈赓率司令部到达长岭铺,在长岭铺召开渡江作战会议,下达关于渡江的作战方案:秦基伟的十五军为兵团左纵队,作为兵团主渡部队,主要突击方向是华阳镇对岸的香口,与江苏江阴的东线部队同时渡江;周希汉的十三军为兵团右纵队,首先以红军团攻占复兴江心阵地八宝洲,担负江面掩护任务,而后军主力渡江占领彭泽县,控制马垱口,协同十五军歼灭马垱要塞之敌,保障十五军右翼安全;十四军随十三军前进,担任两军渡江后卫。

当天,四十四师紧接着在师部召开作战会议,制定渡江作战详细方案。4月17日,传达了二野司令员刘伯承、政委邓小平下达的渡江作战命令。4月18日夜,一三〇团二营六

246

连经过十八天紧张的水上练兵,最后移驻望江县罗墩村宿营,这里距长江入口处只有六七里路。各部队作战物资按指定位置做紧张调动。

白天,团、营首长组织各连、排领导及突击队骨干分子分别到江边隐蔽侦察。此时正值桃花汛,连日阴雨,班长王育才爬到营长杨德山身边道:"营长,你看,敌人抱着木桩也在江里练习游水。"

杨德山拿起望远镜,仔细观察,对王育才道:"敌人这不是在练游水,他们是在往水里打木桩,布设水雷。"

到了夜晚,他们就在大帆船上,用麻袋装上沙土筑成作战工事,进行登陆演习。

几万大军陆续集中到湖区,春上粮食短缺,又加上先前经历国民党各武装的洗劫,没有足够粮食供应大军。湖边有的老百姓就组织起来,下湖捞鱼给解放军吃。战士们感慨万千,说:"老区群众真好,我们一定要打过长江去,解放全中国的劳苦大众。"

恰逢这时候,叶光欧查到了国民党县政府逃走前储存在坝头一带的粮食,一次就收获三十六万斤,解决了渡江大军的吃饭问题。

有老百姓笑说:"这是天助共产党解放军!"

●56

4月20日,国民党最后拒绝在和平协议上签字,毛泽东主席、朱德总司令发出了向全国进军的命令。消息传来,人心振奋。

二野四兵团司令部紧急行动,随陈赓司令员从长岭铺出发,驱车赶往望江华阳起渡点前线方向,下午4点钟左右,到达望江凉泉东北的陈氏冲,在陈家祠堂宿营,司令部就设在这里。这里离华阳河口起渡点三十余华里,四周有茂密丛林,利于屯兵养马。祠堂东北临武昌湖,西南近泊湖,沟通吉水河、华阳河,好多战士和船工在芦苇荡深处练兵。

司令部到达祠堂后,就紧急展开工作,安排好电话室、作战室、陈赓司令员的办公室等,传达紧急作战命令。

在右纵队,占领复兴洲区的解放军先遣团红军团接到命令,连夜挖开江堤,把内湖通江的引河挖通,乘夜色,将一百多只木船拉进江里。敌人的主阵地设在佘家洲对岸水沉地带,火力较强,而设在往复洲的滩头阵地,火力较弱,仅有十多挺轻重机枪、五个土木结构的地堡,还有一些断续壕及单人掩体。为了避强击弱,根据副师长赵青华的指示,他们把船向上拉了一千多米,将杨家墩作为一营的突击起渡点。

21日凌晨1时,月色朦胧,江水汹涌。副师长赵青华越过江堤,悄悄进入长江北岸红军团的起渡点,只见八宝洲上

248

悄无声息。而在长江北岸红军团的起渡点,则是另一番景象,一百多只战船已一字摆开,突击队员正蹲在战场上。每只船上都有一个指挥员,一挺机关枪,两个机枪手,三个水手和船工,十几个战士。突击队的各级指挥员分别登上自己的战船。江北阵地上组成的炮火,已瞄准了敌人的滩头阵地。

深夜,春寒料峭,白雾笼罩着江面。凌晨 1 时 40 分,时间到了,只见指挥船上的白草帽悄悄地向各战船晃动了三下。

"开船!"

各船水手同时从战船上操起竹篙,一起向岸边用力一点,船像利箭离弦,一齐向八宝洲敌人滩头阵地冲去。

当担任突击连的船队距离敌人滩头阵地百余米时,被敌人发觉了,敌人机枪立即"嗒嗒嗒……"扫射。敌人的机枪刚一射击,副师长赵青华和团参谋长周峰在北岸指挥的二十门山炮、迫击炮和十二挺重机枪,便像泼水似的,向敌人滩头阵地猛发过去。顿时火光冲天,江面上被照得通亮。

凌晨 2 时,指挥船跟着二、三连的突击船队靠岸。接着一连的船队在连长张合芝和著名战斗英雄卫小堂率领下,也登上了八宝洲。

在突击营登上八宝洲主阵地的同时,第二和第三突击营分别从左右两侧迅速前进,消灭残敌。接着,第二突击营又向复洲的右前方张升洲发展。此时,敌已迅速溃退,守敌望江保安团已逃之夭夭了。第三突击营在郭学久、张云成率领下,很快推到了麟字号洲上。五连副连长李安锁带领两个排首先登上这个洲。在一道弯弯曲曲的堑壕里,他们遇到一群顽敌的抵抗,战斗英雄王引生带头冲上去,连扔三个手榴弹,后面的几个战士跟着扑进了堑壕,用刺刀和冲锋枪消灭了这股敌军。被敌称为"永远炸不沉的军舰"的八宝洲,全部被解放军突击部队占领了。

4月21日中午12时,顾永武和赵青华、周峰、李志仁等,在解放军占领的敌营部所在地沙土洲立即做出新的部署:炮兵和各营迅速占领沿江阵地,控制江面,掩护左右两翼主力部队渡江,并做好横渡长江主流,继续向长江南岸进攻的准备。

这时敌人惊慌了,为守住长江南岸阵地,急忙从九江方面调来三艘炮艇,一面向八宝洲打机关枪,一面顺江东下。敌人企图阻止十五军从华阳镇地段渡江,并截击十三军主力从小孤山至八宝洲一线渡江。顾永武和赵青华立即命令,各种炮火推进到八宝洲南岸一线,坚守阵地,猛击敌舰。各营指挥部也指挥轻重机枪,猛烈地射击敌人炮舰。敌炮舰怕被击中,怪鸣数声,拖着浓烟,向西逃去。

●57

左纵队四十四师20日接到紧急作战命令后,迅即召开渡江作战大会。政委谷景生代表军党委,把"打过长江去""解放全中国"两面红旗分别授予第一梯队的一三〇团红三连和一三一团三连。

华阳镇斜对面，彭泽香口正东约一公里的长江南岸，立着一根高高的铁杆，每到夜间闪发出强烈的光束，把江面照得一清二楚。这就是敌人的香山灯塔航标主阵地。这里的守敌是国民党六十八军一四三师四二九团。渡江船队从华阳镇出口入江，斜驶正好在那里登陆。护送渡江第一梯队一三〇团和一三一团一营是宿松船工队，他们只有一个信念："誓死把大军送过江去！"

敌人在那里做了重兵布防，每隔六七十米就修筑了一个伏地暗堡，重机枪严密封锁香山江面。香山灯塔航标主阵地明沟暗堡纵横交错，并在沿江南岸又挖了一条齐腰深的交通壕，居高临下，构成交叉火力网，企图阻止解放军渡江。

距香山主阵地后边约两里就是敌人榴弹炮阵地，瞄准长江北岸渡船，对渡江突击部队构成了严重威胁。

六连小通讯员窦升贵，小名叫龙旺。他走到江边，看江水滚滚，白浪滔滔，宽五六里的江面上汹涌澎湃。天晴日出，照得江面一片银色。一群小乌龟，贪玩地爬上江边沙滩晒太阳，把头伸得老长，左右瞭望。见有人近前去捉它，它把头一缩，后又一伸，张开嘴自卫。等窦升贵把手缩回来，它便伸开四腿，"沙沙沙"争相逃跑。窦升贵真想抓一只来玩，可是渡江大战即将来临，哪有这份闲工夫啊！窦升贵才十七岁，骨子里其实还是一个贪玩的孩子啊，是战争的洗礼，使他早早成熟。江中心由东到西激起十多道白浪，有黑点状的东西时沉时浮，出现在水面，窦升贵恍然大悟："江猪！"

4月20日夜,突击部队的战船奉命全部进入江北岸的引河隐蔽待命。21日天一亮,只见江北岸大小引河竖立起一排排帆船桅杆。中午12时许,敌单炮开始炮击北岸渡船,炮弹落在船队中间,掀起根根水柱。

"狗东西,死到临头了,还疯狂什么？看老子今晚过去收拾你们!"战士们骂着。

下午1时许,渡江突击队营部在罗墩村再次召开渡江战斗誓师动员大会,战士们都换了新军装,船上贴满了标语:"打过长江去,解放全中国!""争做渡江英雄!"等。营长杨德山激昂地说:"国民党政府撕下'和谈'假面具,我们是英雄的'老二团',团党委把两面红旗授给我们,这是我们的骄傲,我们的光荣。我们要下定决心,不怕牺牲,排除万难,打过江去。宁为前进一步死,不往后退寸步生!"

四十四师指挥所设在江字号东北面江堤上一个简单的工事里,师长向守志全神贯注指挥部队渡江。四兵团实施渡江的主要突破口是由十五军四十四师一三〇团二营五、六连攻击敌香山灯塔主阵地。六连任务是夺取香山灯塔主阵地,五连任务是夺取香山左边的黄山并直插公路截击逃敌。

下午4时45分,江北岸二野山炮三十多门、迫击炮十八门组成强大炮群,开始一齐向敌灯塔主阵地试射。成排成排的炮弹在空中发出呼啸声,下冰雹似地打在敌灯塔主阵地上。顷刻间,敌地堡开花,弹药库中弹起火,矗立在主阵地上高高的铁杆航标,也被拦腰炸断。敌人的炮火完全被压住

252

了,无法组织还击。突击队的战士们高声为神勇的炮兵叫好。

炮火试射后,六连连长罗金印再次命令检查战船工事,规定登陆后联络暗号是哨音"三长两短",对方回答是"两短一长"。船工李恒高、李启高、李全开三人,把两床棉絮抛入水中浸湿,做"避弹掌舵"用。在渡江航行的时候,他们掌舵人无掩体,可以将湿棉絮顶在身上,抵挡敌人的子弹和炮弹弹片。

经过二十分钟的炮火准备后,部队最后一次在江北吃饭。部队首先设宴招待船工。首长说:"今天晚上,部队要过江,有劳你们。你们不要怕,江那边的人都被我们打跑了,工事也摧毁了。你们过江,我们用炮掩护你们。"说完,首长给每一位船工敬酒,敬酒后分别发给"渡江光荣证"。

这餐饭有猪肉,但战士们吃得却很少。炊事班不知从哪里买回来好多鸡蛋,发给突击部队吃,每人三个。司务长还让窦升贵另带四个鸡蛋,说是渡江后给连长、指导员吃。窦升贵将四个鸡蛋装进衣兜里。

船工们吃完饭回到船上,天已经黑了,战士们已整整齐齐坐在船上等。

夜幕降临,天突然变得阴暗起来,突击队在罗墩村原地整装待命,师部宣传队前来助阵,鼓舞士气。宣传队是清一色的女战士,她们使劲敲打着快板:

呱嗒呱,呱嗒呱……

六连英雄紧握枪,

今晚咱们就过江。

六连英雄登战船,

今晚准能抢在先。

六连英雄表忠心,

刺刀见红杀敌人。

呱嗒呱,呱嗒呱……

战船一字儿隐蔽在吉水沟,沟宽四十米,连接着泊湖和长江。漆黑的夜晚,天下着蒙蒙细雨,每只船上都站着两个护船的突击队勇士,他们头上戴着钢盔,手持钢枪,威风凛凛。

机枪射手谢大海说:"指导员,我要求渡江入党,请党支部接受对我的考验。"

班长王育才说:"我是共产党员,保证夺取灯塔,实现我班的战斗诺言,如果我'光荣'了,请把我埋在香山。"

新到任的外号"小炮弹"的矮个子三排长,头戴钢盔,肩挎冲锋枪,精神抖擞,决心渡江立功,发誓道:"侦察清楚敌人火力部署,保证夺取敌灯塔阵地。"

大个子战士胡掌生说:"我结婚第二天就参军了,一旦我牺牲,请龙旺老弟转告我心爱的她,另选个老实人吧。"

副指导员说:"渡江是同敌人一场大决战,意义重大,估计敌人会拼命顽抗,垂死挣扎,我们要不惜一切代价打过去,为入党的同志争取火线入党,多杀敌立功。只要突破了长江天堑,敌人就会全面崩溃逃跑。这里有全连同志的家庭地址,如果我牺牲了,请活着的同志转告我母亲,请她老人家自己照料好自己。"

配给五连和六连的是两艘大帆战船。六连船头工事是两挺重机枪,船中仓室两门六〇炮。临登船时,又增加了三名渡江观战团的干部。大船全部载满是六十七人,它是六连的突击船,也是指挥船。其余大部分战士是乘坐摇橹的、划桨的小木船,大的乘一个多班,小的则只有四个战士,带一挺轻机枪渡江。

连长罗金印问:"长江水急浪大,小船一旦进入江中心,互相失去联系,怎么办? 不能集中靠岸登陆又怎么办?""这些不仅是我考虑的,也是军、师首长担心的,如果遇到这种情况,你们说怎么办?"

战士们齐声回答:"哪里有枪声就往哪里冲。"

●58

漆黑的夜晚,张副指导员率三排勇士们带船悄悄驶出华阳镇,进入长江口。敌人的重机枪严密地封锁着战船出处。"嗒嗒嗒"扫射一阵,子弹掠过船头,在寂静的夜晚显得特别清脆。当突击部队一跃而起登船时,才发现大部队已在这里潜伏等候多时了。六连罗金印连长命令把用竹子做成的救生筏全部扔到江中，船工李恒高、李启高、李全开三人迅速起锚拉帆。十六岁的李全开说："要是起大北风就好了，我们一下子就可以冲到对岸去。"

船工张加其两兄弟驾驶的大帆船，护送五连勇士。五连一排长崔彦德，这个年仅二十五岁的勇敢、果断的青年指挥员，和副连长白清华一起，担任指挥攻打香山左侧的黄山阵地之敌。

突击队的战法是：先偷渡，尽量接近敌人，一旦被发觉立即变偷渡为强渡。

阴暗而幽静的夜空，沉闷而紧张的气氛，连战士们的呼吸声都能听见。这种极不正常的平静，使人预感到中国历史上一场空前的水上大恶战即将爆发。

时针指向23时20分，五连一排长崔彦德、副连长白清华各自带领的战船已开始启动。

"连长，连长，五连战船已离岸了！"

"等待命令！"六连罗连长两手拤腰，焦急地站在李恒高身边说。

话音刚落，黑暗中急冲冲跑过一个人影来，是营部通讯员。他气喘吁吁压低声音道："报告六连长，营长命令启航！"

"启航！"战船齐发。

开始偷渡，很平静，没有枪声，没有炮声，没有说话声，只有扳舵、摇橹、划桨的吱呀吱呀声，哗啦哗啦的击水声。初航时大小战船齐头并进,一同向江心冲驶。小船轻捷灵便,一下子冲到大船前头,他们要抢头功。

这时候,李全开突然压低嗓音欣喜地说:"你们看,刮风了,是东风!"顿时,风兜着大帆船的布帆,战船像离弦的利箭,斜驶飞速前进。连长罗金印小声说:"好!这是天助我们!"

战船驶入江心,突然江南岸"叭、叭、叭",敌人清脆的指挥枪连响三声,打破了这许久的沉闷,划破了寂静的夜空。接着,敌人又打出四颗照明弹,把江面照得如同白昼。敌炮开始向江中开火,电光成网,如雨似电的炮弹,带着红绿火花掠空飞舞,打在战船左右开花爆炸,激起根根水柱。

窦升贵用手抹去溅在脸上的水花,察看左右,发现右后侧一小船被敌炮弹击中,残骸四溅。顷刻间,左侧边又一只风帆战船被敌炮弹击沉,全船将士全部牺牲。

风帆战船借助强劲的东风,以每分钟七十米的速度,在敌炮弹爆炸声中颠簸疾驶,穿梭前进,把摇橹的、划桨的小船远远地抛在后面。整个华阳江面上,大小数百只战船,就像铁鹰,扑向江南。敌人利用照明弹看着解放军战船朝南岸飞渡,无不胆战心惊。

江南岸敌军开炮后,江北岸解放军的炮火开始猛烈还击,成排成排的炮弹发着怒号,呼啸着飞向江南敌香山灯塔主阵地。顷刻间,敌阵地变成一片火海。敌人拼命顽抗,密集的炮弹打来,使渡江突击部队不断遭受伤亡。

突然,舵手李恒高中弹倒下,他弟弟李启高头顶两床湿透的旧棉被,迅速接过哥哥的舵把,稳操船舵,继续前进。船上两挺重机枪和两门六〇炮及其他所有船上的重机枪一齐向敌人回击,战船加速向江南前进。

顿时,渡江大军的枪声、炮声,滚滚长江的浪涛声,战士们"打过长江去,解放全中国"的喊杀声,汇成一片。舵手李启高含着热泪,把顶在头上的旧棉被扔掉,振臂高呼:"大军同志,誓死把你们送过江去!"

战船迅速驶过江中心,向南岸逼近。突然,一颗美制枪榴弹打过来,带着红绿火花,正好在战船中仓上空爆炸,一排三班六名战士挂花。二班副班长高玉声忍着伤痛,和一排机枪射手史国英等六七人,抓起桨拼命划。敌人的机枪疯狂扫射,子弹打在铁锚上溅起闪闪火花,前边划桨的战士倒下了,后面的战士自动补充上去,子弹不断打在船上,穿过木板夹层,威胁着战士的生命。

突然一声巨响,又一颗敌炮弹呼啸着飞过来,正好打在船后舱爆炸,舵手李启高倒下了。战船顿时猛烈颠簸,一下子失去了控制,打了个旋转,尾朝西、头朝东顺水而下。站在右中舱船边观察敌情的三排长落入水中,光荣牺牲。此时,七班战士已伤亡过半,全连伤亡人数猛增到三十三人。伤员打开急救包互相包扎。

十六岁的李全开正在奋力摇桨,看着父亲和叔叔先后倒下,见船颠簸后失去控制,知道情况不妙,顾不得救叔叔、父

亲,急忙跃起身,向舵位跑去,继续掌舵。可惜,他连船舵还
没拿稳,敌人又一排子弹射来,打中了他的腹部。但他仍然
紧抓舵把不放,大声呼喊邻近船上的船工刘精华:"刘叔,快
带我的船一起走。"刘精华见李家船方向有偏移,速度减下来
了,知道他们船上出了问题,就用自家船的船头顶着李家船
前进。这时,李全开才松开自己握着舵把的手,挨着父亲和
叔叔的遗体倒下,献出了年轻的生命。

"船老大,船老大,李启高!"没有回答。

报告连长:"后舱进水。"

"快快堵塞!"

两挺重机枪和两门六〇炮也停止了射击,情况万分
紧急。

"报告连长,船老大负伤了。"

罗金印头部负着伤,流着鲜血,顾不上包扎,关键时刻一
跃而起,箭步冲上舵位。他一面拨正航向,一面高声命令大
家:"发扬人民军队的硬骨头精神,不要怕!"

二班副班长高玉生庄严表示:"我要求船一靠岸,第一个
登陆!"

紧接着,五六名突击队勇士"哗"地一起站起来,面对着
连长——

七班长王育才要求亲手把红旗插上香山。

老战士郭银方要为太行父老争光,第一个登山。

战士郝务杰一只眼珠被弹片炸穿掉了出来,自己用手塞

回去,包扎好后,双手乱摸,要求登陆后也带他到灯塔去。

腰负重伤的二班班长王顺咬着牙说:"我一步一步爬也要爬到灯塔。"

战船距离南岸两百余米,船上重机枪又恢复对南岸射击。划桨杆被打断了,战士们就用钢锹代替,负轻伤的同志用钢盔往船外舀水。船艰难地向岸边冲去。

六连的战船距离岸边还有百余米时,五连副连长白清华带领的战船在前面即将抵达岸边。五连的战士们一边拼命用钢锹划水,一边高喊:"加油! 加油!"五连战船于 23 时 50 分率先成功抵达长江南岸。

●59

五连副连长白清华立在岸边,举起信号枪,向天空"嗖、嗖、嗖"发射三颗红色信号弹,庄严宣告四兵团十五军四十四师一三〇团二营五连在灯塔附近率先登陆。

解放军江北炮火停止射击。靠岸的五连、六连战士们回头一看,猛然一惊,整个江南岸只有两艘大风帆船靠岸,五连第一,六连第二。绝大部分摇橹的、划桨的中型战船,距离江南岸上还有三百米左右。敌人组织强大火力,疯狂反击,机枪猛烈射击过来,江上各战船伤亡速增。

六连战船距离岸边还有三十余米时,实在无法前进。敌人的火力大量集中在这里,企图阻止六连战船登岸。同时,集中火力阻击率先登岸的五连。

机枪射手史国英端起机枪,站在船头,不顾敌人射来的密集子弹,一边射击一边喊道:"我的机枪就是专打你们的火力点的。"

七班大力士胡掌生不顾敌人"嗖嗖"射来的子弹威胁,把跳板一头抛入江中,一头用力扶着,朝大家大喊一声:"下!"

高玉生首先顺着跳板跃入水中,水还是很深,探不到底。他奋力游到岸边,底下是一尺多深的淤泥。他登上岸,朝敌人扔了一颗手榴弹。

谢大海登陆后,用机枪严密封锁敌人的火力点,一个点射打哑了一个暗堡。

王高才左手举着红旗,右手握着冲锋枪,在船头一边射击,一边顺着跳板冲入水中。

敌人居高临下,像下冰雹似的从岸上把成排的手榴弹甩了下来,在战士们周围爆炸。弹片炸起的飞沙,打得战士们痛得难忍。

五连白清华率部向敌阵地冲锋,战士周庆兴第一个突入敌人壕沟,被四个敌人按住。周庆兴拔出手榴弹,准备和敌人同归于尽。敌人见势不妙,松手就跑。周庆兴迅疾将手雷投向敌群,激烈的枪声中"砰"的一声巨响,炸死两人,余敌逃窜。

其他战士迅速冲过去,"突突突",把敌军阵地撕开了一个口子。

这时候,二、三排战船迅速靠岸,六连一排及三排七班登陆勇士们在敌手榴弹的爆炸声中,从五连的左边突破了敌人长蛇交通壕工事,由西向东向敌灯塔主阵地发起冲锋。

清点队伍,一个排又一个班,加上连部勤杂人员,本来共有六十七个人,现在只剩下二十三个人。连长罗金印也不见了,张副指导员命令通讯员窦升贵快找。窦升贵急忙顺着交通壕往回走,距离岸边不远的地方见到了一身泥水、头裹纱布的罗连长。

罗连长问:"通讯员,司令员呢?"

"没有找到!"窦升贵答复。

罗金印连长忍着剧烈的伤痛,一边命令窦升贵快点燃三堆篝火,和江北岸取得联系,一边将这二十三名突击队员组成一路纵队,利用敌人"长江天堑"一失大势已去的心理,借助黑夜,从右边灯塔小路,由王金富、王育才两支冲锋枪开路,向纵深发展。

这时候,上游控制江南彭泽地区江防的国民党军刘汝明部人心惶惶,准备随时溃逃。被刘汝明部羁押在江南彭泽港的宿松王玉爱等六十多名船工,望见下游南岸燃起三堆篝火,知道大军已经渡江成功。他们就着黎明前的夜色,趁机摆脱国军控制,驾驶十六艘大帆船,偷偷渡过长江返回江北,向江北的右纵主力部队十三军报告守敌开始溃逃……

此时,已经登陆的五连将军帽翻过来戴,黑夜中露出白帽顶,这是在江北时就已经约定好的联络记号。他们和六连一起攻打灯塔阵地。占领灯塔阵地后,急速向黄山方向猛插

262

过去。六连在前进中突然发现，香山后边有一片黑乎乎的东西，就赶快采用暗号联络是否为五连。暗号过后没有回答，机枪立即射击。谢大海抢先一步端起机枪，"嗒嗒嗒"就是一梭子，仍无动静。冲上去一看，原来是一个小山神庙。这里是敌人榴弹阵地指挥所，成堆炮弹还没开箱。小山神庙里，军衣和枪支、棉被等扔得乱七八糟，一个灵巧的小座钟还"嘀嗒嘀嗒"地走着，可见敌人逃跑时的狼狈。

这时，张副指导员、七班长和窦升贵把红旗插上了香山制高点。罗连长带领队伍迅速赶回灯塔固守渡口，掩护后续部队过江追击敌人。

此时，天空乌云滚滚，一阵寒风吹来，大雨瓢泼。大家没有任何防雨工具，本来衣服是湿透的，再一次被雨水冲刷。罗金印连长头部的伤口在大雨里被淋得生疼。

直到东方发亮，雨停了，就开始打扫战场。

打扫战场结束，窦升贵感到特别寒冷和饥饿，突然想起衣兜里还有四个鸡蛋，是司务长叫他带着，渡过江后给连长、指导员吃的。

"报告连长、张副指导员，我这里有四个鸡蛋，是带给你们的。"

"谢谢。你快把这鸡蛋送给船上伤员同志们吃吧。"

"是！"窦升贵回答连长的话后，快步往江边跑去。只见灯塔沿岸江边水面上，被炮弹炸死的鱼，翻着白肚漂了一层；被打坏的战船，歪斜在江里，鲜红的血水灌满了船舱……

22 日上午 8 时许,突然头上飞来一架敌人的侦察机。"注意隐蔽! 敌机!"两岸部队和往返航行在江面的运兵船一阵紧张。敌机在香山渡口低空盘旋一圈后,像报丧似的向东南方向飞去,江岸上又恢复了平静。

下午 3 时,军长秦基伟、政委谷景生在师长向守志的陪同下,来到等候多时、不足一个营的一三〇团指战员中。秦基伟身形黑瘦健壮,讲话时嗓音很高。他左一伸胳膊:"你们是英雄!"右一伸胳膊:"你们是主力!""你们团为我军立了一大功,人民感谢你们! 但不能骄傲,要再接再厉,坚决响应毛主席的《向全国进军的命令》,奋勇前进,坚决、彻底、干净、全部地歼灭中国境内一切敢于抵抗的国民党反动派……"

这时候,炊事班还在江北,一直过不来,部队没有饭吃,战士们吃几块被雨水打湿的饼干充饥。

这次战斗,四十四师歼敌一四三师四二九团和八十一师二四二团各一部,俘获二四二团团长杜少南、副团长张文汉以下千余人,缴获火炮九门。

下午 4 时,后勤部队过江。

同时,在复兴洲区的渡江右纵队十三军主力部队也冒雨渡过长江,攻克彭泽县城,占领马垱口。

解放军渡江部队一举突破国民党的"长江天堑",百万雄师纷纷踏上江南的大地,开始了"千里追歼"。

（完）

后记

回想起我少年的时候,每天经过一座碉墟,到另一座碉墟上去念书。后来,我师范毕业,还是在一座碉墟边的学校里教书……仿佛我与这一场生死传奇结下了不解之缘。

特别是我兄弟在老家门口捡到那个铁疙瘩以后,我就不断地查找有关湖区的历史资料,不断地跑当年的湖区战场以及那些人出生和战斗过的村庄。我父亲在我童年时讲述的那些人、那些事,都得到了印证。这正是我写作《泊湖的密码》和《湖殇》的时候。写完这两本书,我的内心有了短暂的满足和明亮之后,很快又跌入更大的空虚、更深的黑暗中——写湖上这些近似风花雪月的东西,写湖水里那些疑似虚蹈的文字,有什么用啊?那些当年死在湖边的一代真真切切的理想主义者,他们短暂的生命,就像一道道闪电,划过旷远的湖水,划过我这个泊湖后生虚空的内心——他们不断地触及我的灵魂……

于是,我对自己说:我要写下他们!

但是,我深感自己的能力有限,无法诠释湖水之上这段崇高而苦难的光阴。可是,我不写又有谁来写呢?再不写,这一场近百年前的生死传奇,会不会被漫长的历史湮灭?

于是,我写下他们——我以为,不管怎样,只要以一颗真诚而崇敬之心写下他们,我就对得起自己,对得起生我养我的这片湖水。

当我写完这本书,敲下最后一个字的时候,我感觉内心像湖水一样透亮,它的光芒照亮了我心灵的旅程——我经历了一次清澈的生命洗礼,在这个荡漾了一万年的古老雷水里。

需要指出的是,本书的写作,我坚持史实至上的原则,试图真实地还原那个时代的历史风云,并坚持我自己对那个时代精神的理解。我之所以坚持这个原则,是因为我不忍心虚构,有些东西甚至无法虚构,虚构了就失去了原来的形状。它本来就是真实的存在、真实的传奇,它本来就是透明的、发光的。我觉得这样做更有力量。

在本书的写作过程中,我参阅了很多的历史资料。在本书的出版过程中,得到文学同人的支持和帮助。在此一并致谢!

刘鹏程

2019.1.28